Campioness of Sanctuary

# 신역의 캄피오네스 volume 5

## 묵시록의 날

JOE TAKEDUKI & BUNBUN

타케즈키 조 지음
BUNBUN 일러스트

eXtreme novel

# 제 1 장 chapter 1 카운트다운 투 제로

1

군청색 해원이 펼쳐지는 세계.

그 파란 캔버스에는 작은 섬들이 군데군데 떠올라 악센트를 주고 있었다.

바다와 섬의 신화 세계 휘페르보레아. 로쿠하라 렌과 동료들은 토바 리오나가 《영웅계》라고도 이름을 붙인 그 신화 영역을 여행했다.

"돌아왔어! 저기 봐, 카산드라!"

경쾌하게 바다를 가르는 요트의 갑판에서 렌은 손가락으로 한

지점을 가리켰다.

렌이 손가락으로 가리킨 곳에는 작은 섬이 있었다. 봉긋한 산에 울창하게 우거진 나무들의 녹음이 사방팔방 바다뿐인 풍경에 익숙해져 있던 눈에는 한층 아름답게 보였다.

렌 일행이 탄 마법이 걸린 요트를 준 큰 인물, 그녀가 사는 곳이었다.

목적지를 떠올리기만 해도 자동 조종으로 움직이는 배의 주인. 그 이름을 렌은 물론 잊지 않았다.

“저곳이 백련왕, 해적단 보스이기도 한 라호 누나의 섬이야!”

“리오나 님의 스승님 말씀이시죠? 저, 그분을 뵐 생각에 설레요!”

카산드라가 환한 미소를 지으며 말했다.

“천하의 준재인 리오나 님조차 고개를 들지 못하는 영걸이 이 세상에 있다니! 대체 어떤 분이실까요?”

“만나면 아시겠지만, 사실은 되도록 만나고 싶지 않아요….”

리오나는 작은 목소리로 중얼거렸다.

잔뜩 신이 난 렌과 카산드라와는 대조적으로 리오나는 침울한 분위기에 휩싸여 무릎을 꼭 끌어안은 채 앉아 있었다. 얼굴에는 그늘이 가득했다.

“그 스승님은 상식이 전혀 통하지 않아서, 상대하고 있으면 피곤해요….”

"하지만 리오나. 요 며칠 동안은 라호 누나의 곁을 떠나 있었잖아. 그동안 기분전환도 되지 않았어?"

렌이 지적했다. 신화 세계 휘페르보레아와 지구를 오가기 위한 공간왜곡, 올 때 지나온 게이트는 어느샌가 사라져 버렸다.

그래서 렌 일행은 새로운 루트를 찾으러 여행을 떠난 것이다.

그들이 다다른 곳은 군신 《불꽃의 전사》의 아내라고 하는 여신 《물의 처녀》의 섬.

수수께끼의 여신으로부터 의뢰를 받은 렌은 '신살자 선배'를 만나 대결했고, 아주 잠시 공동 전선을 펼쳤다.

"그 **쿠사나기 선배**와의 대결도 제법 느낌이 좋았지."

"솔직히 같은 신살자라 해도 '박력'이 비교조차 안 돼요. 로쿠하라 씨도 쿠사나기 씨도 스승님 앞에선 사천왕 최약 클래스나 다름없어요…."

"하하하하."

실례되는 말을 들어도 렌은 경쾌하게 웃었다.

실제로 그러하기에, 전혀 이의가 없었기 때문이다. 한편 어두운 눈빛으로 무릎을 끌어안은 채 웅크려 앉아 있던 리오나는 겨우 무거운 한숨을 내쉬면서 일어섰다.

"뭐, 하지만 슬슬 각오를 다져야겠죠."

리오나는 요트 뱃머리로 성큼성큼 걸어가선, 스승의 섬을 부릅 노려보았다.

그러더니 주먹을 휙 치켜올린 다음, 용맹하게 소리쳤다.

"힘내자, 리오나! 난폭한 괴롭힘에는 절대 굴하지 않겠어!"

"참 믿음직스러운 말씀이에요! 리오나 님의 건투를 빌게요!"

카산드라가 뒤에서 성원을 보냈다.

그리고 투지에 불타는 리오나의 어깨에 작은 여신이 팟! 하고 나타났다.

"새 아가씨도 쓸데없이 힘이 넘치네…. 뭐든지 적당히 하는 게 좋아."

신장 30센티미터 정도 되는 인형 사이즈.

스텔라, 즉 미와 사랑의 여신 아프로디테였다. 여왕님 기질을 가진 천재 음양사의 어깨에서 심술궂게 히죽히죽 웃고 있다.

"그 무례한 여자보다 격이 아래라는 점은 너도 다르지 않잖아?"

"시끄러워요, 스텔라!"

또한….

그렇게 옥신각신하는 리오나와 스텔라는 배가 나아가는 곳을 향한 채 렌과 카산드라에게 등을 돌리고 있었다. 렌은 옆에 있는 카산드라에게 힐끗 시선을 보냈다.

아름다운 트로이 왕녀는 행복한 듯한 미소로 그 시선에 화답했다.

카산드라의 눈에서는 로쿠하라 렌을 향한 숨길 수 없는 애정이 엿보였다.

그녀의 그러한 태도가 너무나 사랑스러워서 렌은 카산드라에게 키스했다. 입술과 입술이 가볍게 맞닿는 키스. 주위의 시선을 피한 장난기 어린 것이었다.

입술이 떨어지자 카산드라는 한층 더 행복한 듯한 미소를 지어 주었다.

좀처럼 둘만의 시간을 만들 수 없는 여행 기간. 하지만 카산드라와는 때때로 이런 스킨십을 되풀이하며 서로의 마음을 확인했다.

'모두에겐 비밀이야.'

'네♪'

눈과 눈을 마주치기만 해도 마음이 통했다. 작은 목소리로 소곤소곤 말할 필요도 없었다.

지금 렌과 카산드라가 시선을 교환하는 동안에도 리오나는 투지를 불태우며 자신을 격려했고, 끝내는 '가상의 스승님'과 섀도복싱까지 하기 시작했다.

"슉, 슉! 내일을 위해 우선 첫 번째! 잽은 약간 안쪽을 노려 찌르듯이 날려야 한다! 날려야 한다!"

렌과 카산드라의 관계에 변화가 있는 것을 전혀 눈치채지 못한 듯했다.

단, 마찬가지로 등을 돌리고 있던 소녀신은 이런 사념을 보내왔다.

'렌~ 너, 조만간 나한테 칼 맞을지도 몰라….'

'이럴 때는 정말로 눈치가 빠르다니까. 역시 스텔라야.'

'얼버무릴 생각조차 하지 않는 점이 역시 렌다워. 참 대단하다니까. 그게 좋은 건지 나쁜 건지는 어찌 됐든….'

아무튼 로쿠하라 렌은 마침내 돌아왔다.

신살자인 백련왕 라호, 즉 라취련에게 맡긴 토바 후미카를 데리고 《물의 처녀》의 섬에서 발견한 공간왜곡을 경유해 고향으로 돌아가기 위해.

렌 일행이 온 지구에선 얼마 안 있어 '세계의 끝'이 시작될 것이다.

야타가라스의 환생 토바 리오나.

유일무이한 인재를 단련시키고자 마교 교주 라취련은 폭포 수행을 시켰다. 일부러 심신에 부하를 걸기 위해서였다.

"그 아이… 병아리 아가씨는 분명히 인간 세계의 봉황이 될 것이야."

끊임없이 물보라가 튀는 용소 옆에서 라취련은 미소를 지었다.

며칠 전까지 21세기 일본의 소녀 음양사를 지도하던 수행장이었다.

"그 재능에 걸맞은 총명함도 겸비하고 있어요. 하지만 제가 봤을 때는 약간 '도가 지나친' 것 같더군요."

“그렇구나. 그래서 저 야타가라스에게 고행을 강요한 것이군.”

맞장구를 친 사람은 호리호리한 몸의 귀공자였다.

고대 중국의 의상을 입은 라취련과 달리, 그가 몸에 걸친 것은 고대 일본의 복장.

아침 해 같은 황단색 포. 검은 관에 하얀색 하의. 옛날 옛적 아스카 시대, 또한 그 이후에도 귀공자에게만 허락된 옷을 입고 있었다.

우마야도 황자. 다른 이름은 쇼토쿠 태자.

우아함의 극치인 황자의 명성에 걸맞은 미모의 소유자이자, 동시에 망령. 하지만 지금 그는 살아 있는 사람처럼 의자에 앉아 있었다.

마찬가지로 의자에 앉은 라취련과 원탁을 사이에 둔 채 마주 보고 있다.

“라호, 자네의 견식은 실로 훌륭하구나. 실은 나도 같은 인상을 품고 있었다.”

우마야도 황자가 옷소매로 입가를 가리면서 말했다.

“내 무녀의 언니는 음양도와 학예에는 일가견이 있지만, 그 외의 연찬(硏鑽)은 아직 많이 부족하다. 물론 재능이 없는 자라면 자신의 장기만 갈고닦는 것도 방법이겠지. 하나 그만한 인재라면 그 위로 이끌고 싶은 것이 선도자의 마음….”

“후후후후. 리오나도 언젠가 저에게 감사할 날이 오겠죠.”

“흐음. 돌아오면 한층 더 혹독하게 지도해야 하겠군. 빛나는 내일로 가는 지름길 따윈 절대 존재하지 않으니까.”

라취련과 우마야도 황자는 둘 다 천하무적의 위세를 떨치던 영걸들.

그래서 그런지 ‘간담상조(肝膽相照)’하듯 느긋하게 이야기를 나누고 있었다. 대나무 숲 암자에서 청담을 즐기는 현인의 분위기마저 느껴졌다.

그러나 두 사람의 분위기에 어울리지 않는 목소리가 아까부터 들려왔다.

“자, 자자, 자아득불래, 푸헉, 소경제겁수, 무량백천만, 으으읍, 콜록, 억재아승기… 흐, 흐에에에에에엥!”

화제의 소녀와 피를 나눈 타마요리히메, 토바 후미카의 울음소리였다.

폭포를 맞고 머리 위로 떨어지는 물을 이따금 삼키면서 법화경의 한 구절을 안간힘을 다해 읊었다.

리오나도 했던 고행을 그야말로 무한 반복으로 실천 중이었다. 언니도 입었던 도복을 입고 낙하하는 폭포수를 한자리에서 끊임없이 맞았다.

후미카는 고통을 견디지 못하고 호소했다.

“태, 태자님! 라호 선생님! 어, 언니와 똑같은 수행은 저에겐 아직 너무 이른 것 같아요! 이, 이제 나가도 될까요?!”

"안 된다, 후미카."

우마야도 황자는 자신을 이곳까지 데려온 타마요리의 무녀를 타일렀다.

"확실히 너와 언니의 역량은 천지차이이다. 너의 문제는 단순히 모든 것의 기초가 되는 혼백의 힘, 기력, 담력이 연약한 것이다. 그렇다면 쓸데없이 주술을 가르치는 것보단 심신을 괴롭히고 또 괴롭히고, 끝장을 볼 때까지 괴롭히는 단련이 제일인 것이다…."

스승도 아닌 우마야도 황자는 다 안다는 듯이 말했다.

"그것을 간파한 라호 님의 혜안에 감복하며 그저 자신을 궁지에 몰아넣는 수밖에 없다. 너의 시대풍으로 말하면 '어차피 해야 할 거 해야지, 어쩔 건데? 젖 먹던 힘까지 쥐어짜란 말이야!'겠군."

"후, 후에에에에에엥!"

"역시 태자님이십니다. 천박한 백성의 말투까지 벌써 배우셨군요."

라취련은 후미카가 울부짖는 소리를 흘려들으며 감탄했다.

그러자 우마야도 황자는 그 우아하고 너그러운 미소를 지어 보였다.

"하, 하, 하, 하. 아니, 이것 참 창피하군. 후미카의 시대에 되살아나 이것저것 신기한 나머지 내 신분에 걸맞지 않은 것들까지 그만 익히고 말았네. 그리고 이번에는 휘페르보레아라고 하는 신역에 발을 들였지….”

우마야도 황자는 머리 위에 펼쳐진 푸른 하늘을 올려다보았다.

그 또한 적당히 ‘자신만의 세계에 심취한 얼굴’로 진지하게.

“살아 있던 무렵과 달리, 지금은 나를 옭아매는 나라도 궁정도 없네. 이렇게 된 이상 타마요리의 무녀를 데리고 이 영웅계인지 뭔지 하는 곳을 여행해 보는 것도 좋을 것 같군.”

“저, 저도 같이 가야 하나요… 푸, 푸헉!”

용소에 있던 후미카는 좋은 분위기에서 중얼거리는 우마야도 황자를 향해 소리쳤다.

세차게 떨어지는 폭포수가 입안에 들어가는 와중에 던진 의문이었다. 그러나 우마야도 황자는 어디까지나 시원스레 미소를 지으며,

“물론이지. 그대는 나의 협사(脇士)이다.”

“태태태자님의 그런 점은 저희 언니와 똑가가가같아요, 푸허억!”

“실은 말이다. 휘페르보레아의 땅 밑, 아폴론 신과 만난 명계에서 귀환한 이후로 이상하리만치 몸 상태가 좋지 뭐냐. 망자인 사실을 잊을 만큼 내 생령에 정기가 가득하다. 그래서 그런지 여행도 한번 해 보고 싶구나….”

폭포 수행에 고통받는 후미카는 아랑곳 않고 우마야도 황자는 담담하게 말했다.

그렇다. 줄곧 타마요리히메에 빙의해 여행했던 우마야도 황자. 하지만 지금은 빙의할 매체가 없어도 나타나 영체의 상태로 어슬렁거리고 있다.

고대 일본의 황자는 자세를 고쳐 중국의 여걸과 다시 마주 보고 앉더니 단도직입적으로 말을 꺼냈다.

"라호. 자네에게 한 가지 부탁이 있다. 지도를 준비해 주지 않겠나?"

## 2

"후미를 데리고 여행을 떠난다고?"

갑작스러운 선언에 당황한 렌이 물었다.

며칠 만에 재회한 우마야도 황자가 만나자마자 그렇게 말한 것이다.

"다시 말해, 태자 씨가 이 휘페르보레아를 돌아다니며 여행하겠다는 뜻이야?"

"그렇다."

우마야도 황자는 태연하게 말했다.

백련왕 라취련이 사는 섬에는 몇 시간 전에 도착했다. 그러나 섬 주인의 저택을 찾으니 그녀와 토바 후미카는 다른 섬의 수행장에 가 있다는 것이다.

손님방에서 기다리고 있자니, 우마야도 황자가 홀로 훌쩍 나타났다.

"뭐, 너희들에게는 일단 말을 해 둬야 할 것 같아서 말이다."

"후미도 납득했다면 딱히 상관없지만."

"하, 하, 하, 하. 그 점은 너무 신경 쓰지 말아라."

황자는 우아하게 웃더니 말을 이었다.

"너도 급한 여행 도중이지 않느냐. 얼른 고향으로 돌아가도록 하거라."

"요컨대, 후미는 싫다고 했구나? 태자 씨도 참 짓궂네."

렌은 상대의 속셈을 깨닫고는 중얼거렸다.

로쿠하라 렌이나 언니와 따로 떨어질 경우. 의지할 사람 없는 신화 세계 휘페르보레아에서 후미카는 우마야도 황자를 따라갈 수밖에 없다고 생각할 것이다.

"그 애가 스승님 곁에 남을 리는 없을 테니까요."

리오나가 고개를 끄덕인 후,

"알겠습니다. 그 계획으로 가죠. 후미카는 제가 잘 구슬릴게요."

"어? 리오나, 그래도 돼?"

"맞아요. 후미카 님만 혼자 두고 가다니, 후미카 님이 불쌍해요!"

놀라는 렌의 바로 옆에서 카산드라도 호소했다.

하지만 리오나는 태연하게 흘려 넘겼다.

"생각해 보니 이대로 후미카를 지구에 데려가도 『드래곤볼』의 차오즈 상태로 만들 수밖에 없어요."

"차, 차오, 라뇨?"

의미를 몰라 멍하니 묻는 카산드라. 한편, 렌은 곧바로 이해했다.

"아~ '이 싸움에는 따라올 수 없으니까 두고 간다'는 거구나."

"네. 다음 적은 아마도 아테나. 로쿠하라 씨의 이야기에 따르면 클래스 체인지 한 데다 아폴론의 불 속성까지 추가 스킬로 얻었어요…. 그야말로 끝판왕과의 배틀에서 지구 규모의 천재지변까지 일어날 수도 있다는 거죠. 휘페르보레아에 남아 '정신과 시간의 방'에 있는 편이 오히려 안전할 거예요."

리오나는 몹시 이지적인 말투로 술술 설명했다.

순식간에 그런 점까지 배려한 그녀는 역시 두뇌회전이 빨랐다. 렌은 감탄했다. 그에 반해 어째선지 우마야도 황자는 어렴풋이 쓴웃음을 짓고 있었지만.

"태자 씨, 왜 그래?"

"역시나 싶어서 말이다. 토바 리오나는 그야말로 인간 세계의 봉황, 여간 총명한 게 아니구나."

“칭찬보다 한마디 거들어 주세요. 그 호랑이 스승님에게 저를 지구로 보내 주라고. 안 봐도 뻔해요. 그 사람, 저를 붙잡아 둘 속셈이죠?!”

“알겠다.”

리오나의 요청을 받은 우마야도 황자는 짓궂은 미소로 응답했다.

밀담과 뒷거래 덕분에 여기까진 전부 원활하게 진행됐다.

“그런 상황이야. 최강 끝판왕이 기다리는 지구에서 세계의 종말과 직면하든가, 이쪽 세계에 남아 있든가. 마음대로 해.”

“으으윽. 그런 두 가지 선택지밖에 없다니….”

후미카는 언니의 유도에 홀랑 넘어가 휘페르보레아 잔류를 택했다.

그리고 까다로운 스승님으로 말할 것 같으면,

“우마야도 님에게 은혜를 베풀었군요. 좋아요, 리오나. 그 기지를 봐서 고향에 돌아가는 것을 허락하도록 하죠.”

“감사합니다!”

그런 식으로 겨우 패스할 수 있었다.

로쿠하라 렌과 그 몸에 깃든 소녀 스텔라. 토바 리오나. 카산드라 왕녀. 일행은 그리하여 백련왕의 섬을 떠났다.

여신 《물의 처녀》의 섬에서 발견한 공간왜곡으로 들어가 지구로 향했다.

이 이세계로 건너오기 위한 통로 안은 무수히 많은 빛으로 빼곡하게 채워져, 마치 만화경처럼 반짝반짝 빛났지만….

"어? 저 사람, 누구지?"

렌은 수상한 사람을 발견했다.

공간왜곡의 출구는 커다란 빛 덩어리였다. 그 바로 앞에 후드가 달린 외투를 입은 노인이 서 있었다.

긴 여행이라도 했는지, 외투는 꽤나 후줄근한 데다 먼지투성이였다.

무엇보다 노인의 얼굴. 아무튼 주름이 자글자글했다. 수없이 고생을 했는지 피로와 비애로 가득 차 있었다.

노인은 거칠거칠한 입술로 중얼거리기 시작했다.

「예수 그리스도의 계시, 하느님께서 머지않아 반드시 일어날 일들을 당신 종들에게 보여 주고자 그리스도께 알리셨고, 그리스도께서 당신 천사를 보내시어 당신 종 요한에게 알린 계시입니다.」

렌 일행이 바로 근처까지 갔는데도 노인은 여전히 중얼거리기만 했다.

그렇다기보다, 이쪽을 보려고도 하지 않았다.

"저기, 혹시 저희에게 무슨 하실 말씀이라도…?"

카산드라가 다정하게 말을 걸어도 전혀 반응은 없었다.

노인은 초점이 맞지 않는 눈빛으로 공간왜곡의 출구를 쳐다보고 있다. 그 빛 저편에 있는 무언가를 찾고 있는 것 같았다.

「나는 어린양이 일곱 봉인 가운데 하나를 뜯는 것을 보았습니다. 그리고 네 생물 가운데 하나가 천둥 같은 소리로 '오너라' 하고 말하는 것을 들었습니다. 내가 또 보니, 흰말 한 마리가 있는데 그 위에 탄 이는 활을 가지고 있었습니다. 그는 화관을 받자, 승리자로서 더 큰 승리를 거두려고 나갔습니다.」

"…할아버지. 혹시 요한 씨 아니세요?"

리오나가 그렇게 물은 순간이었다.

수상한 중얼거림이 뚝 멈추더니 노인은 야타가라스의 화신을 물끄러미 쳐다보았다.

「아가씨, 날 아느냐?」

"아, 아뇨. 《요한 묵시록》을 연달아 암송하고 계시기에 엄청난 묵시록 마니아 아니면 저자 본인, 둘 중 하나라고 생각해서 어림짐작으로 말해 본 것뿐이에요…."

리오나가 멋쩍은 듯이 대답했다. 렌은 두 사람의 대화에 끼어들었다.

"묵시록이라는 말은 들어 본 적 있어. 내용은 전혀 모르지만."

"신약성서 마지막을 장식하는 예언서예요. 얼추 간추려 설명하자면, 약 1세기 무렵에 기독교의 성인 요한 씨가 '세계의 끝'을 환시(幻視)하게 돼요. 그리고 세계가 어떻게 붕괴를 맞이하는지 자세한 내용을 기록한 것이….”

“요한 씨의 묵시록?”

“네. 역시 공간왜곡 안이네요. 가장 메이저한 종말 예언서의 저자를 만나다니, 좋은 의미로 엉망진창이에요.”

리오나는 감개무량한 듯이 말했다.

한편, 자신 또한 마찬가지로 예지자인 카산드라는 머뭇거리면서 물었다.

“세계의 멸망을 환시하셨다고요…? 혹시 지금도 ‘멸망’이 보이셨나요? 저 빛 너머로….”

「용케 알았구나.」

묵시록의 저자라고 하는 요한은 예언자라기보단 친절한 할아버지처럼 상냥한 말투로 깔끔하게 인정했다.

그가 바라보던 빛의 문 건너편에는 렌 일행이 건너온 지구가 있다.

「저쪽 세계에 지금 종말의 때가 다가오고 있어. 큰 도성이 세 조각 나고 모든 민족들의 고을이 무너질 것이야. 하느님께서는 대바빌론을 잊지 않으시고 격렬한 진노의 술잔을 마시게 할 것이다….」

“우와아. 왔구나, 종말을 향한 카운트다운이.”

“이제 장난으로 넘길 수 없는 단계인 것 같네요. 단단히 각오해야겠어요, 로쿠하라 씨.”

「그럼… 어떻게 종말을 맞이하는지 이 눈으로 직접 끝까지 확인해야겠군….」

요한의 몸이 두둥실 떠오르더니, 공중을 미끄러지듯이 앞으로 나아갔다.

그의 몸은 전신이 어렴풋이 투명했다. 우마야도 황자와 마찬가지로 망령일 것이다. 묵시록의 저자는 빛의 문으로 들어가더니 그대로 사라져 버렸다.

렌 일행의 세계로 들어간 것이다.

"…우리도 가자."

렌은 그렇게 선언하더니 요한을 뒤쫓았다.

물론 리오나와 카산드라도 따라왔다.

빛의 문을 넘으면 아마 튀르키예령 아라라트 산 근처일 것이다. 오랜만에 돌아가는 지구… 멸망 직전의 고향이었다.

3

줄리오 브란델리에게 과거를 추억하는 취미 따윈 없다.

그런 행위는 시간낭비로밖에 생각되지 않기 때문이다. 하지만 지금, 줄리오는 그답지 않게 추억에 젖어 있었다.

× × ×

'저기, 줄리오. 이건 대체 무슨 일일까…?!'

놀랍게도 '그', 로쿠하라 렌이 망연자실해져선 물었다.

항상 춘풍태탕(春風駘蕩)하고 자기중심적인 남자가. 하지만 줄리오 본인도 웬일로 당황해 하며 고뇌에 젖은 목소리로 말을 내뱉었다.

'물어보지 않는 편이 좋아. 만약 나의 추측이 맞다면 엄청나게 하찮은 대답을 하게 될 테니…!'

두 사람이 보고 있던 것은 많은 일본인이 알고 있는 그 풍경이었다.

로쿠하라 렌과 줄리오 두 사람은 어떤 건물 옥상에서 그 풍경을 내려다보고 있었다.

모 방송국의 본사 빌딩. 레인보우 브리지. 그 건너편으로 즐비한 고층 빌딩 등. 오다이바… 21세기 도쿄의 베이 에어리어였다.

단, 이 일대에 노도와 같은 해수가 밀려온 상태였다.

…도쿄 만에서부터 밀어닥친 대해일이었다.

홍수에 삼켜진 것은 오다이바뿐만이 아니었다. 바다와 가까운 시가지는 거의 전멸. 또한 도심부, 그보다 더 내륙에 있는 주택가까지 파도가 채워 나갔다.

게다가 '쿠우우우우우우우우우우우우우우우웅' 하는 중저음이 공기를 뒤흔들었다.

'후지산이….'

'마운틴 후지가 분화하다니, 정말 놀랍군….'

화산이 뿜어내는 연기, 그리고 화산재가 하늘 높이 피어올랐고 세계는 몹시 깜깜해졌다.

그럼에도 불구하고 태양빛은 분진과 재의 베일을 꿰뚫고 해수가 넘실거리는 지상을 비춰 주었지만….

하늘을 올려다본 렌은 망연자실한 듯이 속삭였다.

'태양이… 검은 그림자에 먹혀 버렸어.'

'단순한 일식은 아니군. 말하자면 '태양의 죽음'이지. 이제 두 번 다시 아침 해가 떠오를 일은 없겠구나….'

줄리오의 말은 '예언'이 되었다.

하루가 지나도, 이틀이 지나도 태양은 두 번 다시 뜨지 않았다.

하늘에서는 달도 사라졌다.

밤낮 구분 없이 잿빛 커튼만이 하늘을 덮고 있었다.

도쿄의 마천루는 이미 홍수에 삼켜지고 있었다.

수위가 내려갈 기미는 전혀 보이지 않았다.

줄리오는 마술을 사용해 각지의 상황을 확인했다.

일본만이 아니라 아시아 전역, 북미, 남미, 중동, 아프리카, 유럽… 북극과 남극 대륙을 포함한 전 세계에서 똑같은 비극이 일어난 상태였다.

'틀림없어. 세계의 끝… 파멸의 시작이야.'

줄리오는 중얼거렸다.

해와 달이 죽은 세계. 그 잿빛 하늘에 성난 신령이 잇따라 모습을 드러냈다. 악마, 신수까지 나타났다.

붉은색, 푸른색, 검은색, 초록색, 금색, 은색 등 색색의 드래곤들도 있었다.

저것은 성서에 적힌 '666의 짐승'일까? 저 거대한 고래는 리바이어던. 저 코끼리와 비슷하게 생긴 거수는 베헤모스일까?

또다시 한순간 보인 은백색 뱀. 그 머리에는 은발의 소녀가 타고 있었다.

모두 이 지구에 파멸을 초래하기 위해 강림한 것이다.

× × ×

그것은 느긋한 성격의 일본인이 네메시스를 죽인 후, 처음 신살자가 되고 나서.

묘한 만남을 계기로 줄리오는 렌과 알게 됐고, 둘은 함께 탐색을 시작했다. 잇따라 발생하는 공간왜곡의 수수께끼를 밝혀내기 위해서였다.

…그 탐색 여행 도중에 **폭주**했다.

로쿠하라 렌의 권능《인과응보》가.

여신 네메시스의 신속으로 도망칠 때, 렌은 물리적인 속도를 높이지 않는다. A지점에서 B지점으로 이동하는 '시간 그 자체'를 단축시킨다.

시간을 단축한다. 다시 말해, 얼마 떨어지지 않은 **미래**로 이동하는 것이다.

…그 권능에 아직 익숙하지 않았던 무렵, 로쿠하라 렌은 줄리오를 품에 안은 상태로 신속을 발동시킨 다음 점프했다.

몇 개월에서 몇 년 후의 미래로.

자신 외의 사람을 데리고 신속 이동을 하면 두 사람 몫의 인과가 뒤엉켜 뜻밖의 미래로 가 버리는 듯했다.

그러나 잘못 가 버린 미래의 세계는 바로 멸망 직전이었다.

…이리하여 신살자와 그 친구는 '세계가 끝나는 광경'을 엿보았다.

그리고 이대로 멸망한 세계에서 그들도 죽는 줄 알고 벌벌 떨던 그때, 뒤엉킨 인과가 기적적으로 회복되어 원래 있던 시간으로 돌아온 것이다.

"단순히 초가속으로 돌아다니는 권능이라면 그런 사태는 벌어지지 않았겠지…."

줄리오는 홀로 중얼거렸다.

'세계의 끝'의 종반에 셀 수 없을 만큼 수많은 신들과 신수가 강림했다.

지금 생각해 보면 대부분이 이름 없는 저급 신이거나 하급 천사 부류였다. 그땐 아직 신들과 대치한 경험이 적어 판단이 불가능했다.

일대일로 대결하면 아마 로쿠하라 렌의 적수가 되지도 못할 것이다.

하지만….

"그 정도로 숫자가 많으니 렌 혼자서 처리하긴 힘들 거야."

물론 불가능을 가능으로 만드는 신살자이긴 하지만….

그리고 무엇보다 아주 찰나에 목격한 은백색의 큰 뱀. 그 머리에 있던 소녀는 여신 아테나가 분명했다….

아무튼 그 비극이 다가오고 있다.

"드디어 때가 왔구나."

줄리오는 지금 작은 예배당 안에 있었다.

자신의 키보다 큰 시계와 마주 보고 서 있다.

《파멸 예지의 시계》. 시계가 가리키는 시각은 정확히 밤 11시 59분.

스페인 제3의 대도시 발렌시아의 교외에 지어진 서양관.

결사 캄피오네스의 발족 당시부터 소유해 온 건물로, 원래는 '잠든 성배의 공주'를 숨겨 놓기 위한 곳이었다.

부지 안의 작은 예배당.

여기에 '0시를 가리켰을 때 세계의 끝이 시작된다'는 주구(呪具)를 놓아 둔 것이다.

…밖은 장대비가 사정없이 내리치고 있었다.

바람도 거세다. 발렌시아 시는 지금 폭풍에 휩싸여 있었다.

하지만 이 폭풍은 남유럽뿐만 아니라 유럽 전역을 삼킬 만큼 거대했다. 게다가 오늘 밤은 무더웠다. 이제 곧 한겨울인데.

이곳은 남유럽 스페인의 동부. 그러나 마치 열대의 우기 같았다.

실은 며칠 전부터 큰비와 기온 상승이 계속되며 지구 규모의 이상기후가 시작된 상태였다.

"조만간 남극 대륙의 빙하도 녹기 시작하고, 해수면도 급상승. …그대로 대홍수가 일어나겠구나."

줄리오가 암울한 미래를 상상한 그때.

재킷 주머니에서 스마트폰이 진동했다. 메시지가 온 것 같았다.

[성배, **해체** 준비 완료.] 줄리오는 그 짧은 문장 하나를 보자마자 마음을 다잡았다. 이제부터는 세계의 위기에 맞설 시간이다.

"결사 캄피오네스는 애초에 시조 체사레가 세계를 구하기 위해 설립했다고 하니까. 원점 회귀도 나쁘지 않지."

줄리오는 발길을 돌려 《파멸 예지의 시계》 앞에서 떠났다.

그리고 다시는 돌아보지 않았다. 여기까지 온 이상, 이제 언제 0시를 가리킬지는 별로 중요하지 않기 때문이다.

세찬 바람과 빗속에서 애마를 몰고 나갔다.

스페인 국내만이 아니라 유럽 거의 전역에서 비행기와 배는

운항이 연기된 상태였다. 길을 다니는 차도 거의 없었다.

다들 정도의 차이는 있을지언정 대이변의 징조를 직감하고는 공포에 떨고 있는 것이다.

덕분에 마음껏 속도를 낼 수 있었다. 경이적인 타임을 기록하며 그가 찾은 곳은 발렌시아 시의 중심부….

줄리오는 대성당의 '지하'로 내려갔다.

결사 캄피오네스가 발족 당시 특별히 만들었다고 하는 지하 공간. 장식품은 거의 없으며, 돌로 된 벽으로 에워싸였을 뿐인 '비밀의 방'이다.

학교 교실 정도 되는 크기의 방에 십여 명의 남녀가 모여 있었다.

다들 결사 캄피오네스의 구성원이었다. 총수 줄리오를 기다리고 있는 것이다. 국적, 인종, 나이도 가지각색인 멤버들. 하지만 다들 사람이다.

줄리오가 도착하자, '사람이 아닌 자'도 모습을 훅 드러냈다.

"기다리고 있었다, 사랑스러운 아이여."

갑옷과 서코트를 입은 여기사.

브란델리 가의 수호자 《하얀 여왕》이었다. 홀연히 실체화된 그녀의 위엄에 놀란 결사 멤버들이 황급히 뒤로 물러났다.

줄리오와 여왕은 모두가 보는 앞에서 마주 보듯이 섰다.

"마침내 이때가 왔군, 여왕."

"그래. 성배라고 하는 귀찮은 물건과 함께하기 시작한 지 백여 년… 생각해 보면 길었던 것 같기도 하고, 짧았던 것 같기도 하구나."

여왕은 늠름한 미모에 어렴풋이 쓴웃음을 지었다.

브란델리 가의 수호령이자, 결사 캄피오네스의 2대 총수이기도 하다.

로쿠하라 렌과 마찬가지로 시조 체사레도 다원세계의 여행자였다고 한다. 새로운 세계로 여행을 떠나면서 후사를 자신의 수호령에게 맡긴 것이다.

3년 후, 체사레의 죽음을 공표하고 2대 총수를 발표하라.

처음엔 그럴 계획이었다.

그러나 역시 '마왕이자 신살자'였던 남자의 부재는 큰 영향을 불러일으킬 것이기에 수호령 《하얀 여왕》은 20년 가까이 시조 체사레의 대역을 하며 **그림자 무사**로 있었다.

3대는 모니카 브란델리.

시조 체사레의 딸이자, 희대의 마술사. 모니카에게는 자식이 없었고, 4대는 그 조카. 줄리오는 그의 자손에 해당한다.

이런 브란델리 일족의 계보가 대대로 숨겨 온 더없이 중요한 보물.

그것이 바로 《발렌시아의 성배》. 이 일대의 지맥과 깊이 이어져 있으며, 대지에 생명과 활력을 불어넣는다고 하는 신기(神

器). 한편으로는 풍양의 대지에서 방대한 정기를 빨아들인다고 한다.

그 정기야말로 《하얀 여왕》의 활력원이다.

일찍이 신, 그것도 강대한 군신이었던 그녀는 '성배의 정기'가 없으면 만족스럽게 권능을 휘두를 수 없다.

결사 설립으로부터 150년. 여왕은 웬만해선 전력을 쏟아 내지 않았다.

전력을 쏟아 내기를 되풀이했다간 성배가 부지런히 모아 놓은 정기를 단기간에 써 버려, 발렌시아의 대지가 바싹 말라 버릴 거라는 이유로.

또한 성배와 결합한 지맥에 가해지는 대미지도 도무지 헤아릴 수 없다.

하지만 지금, 줄리오에게 '도끼'가 건네졌다. 캄피오네스의 부하가 준비한 주구. 엄청나게 무거운 이 도끼를 줄리오는 결사의 총수로서 힘차게 휘둘렀다.

오랜 세월에 걸쳐 수호했던 《성배》 위로.

핑크색으로 빛나는 바윗덩어리는 산산조각이 나더니, 수백 개의 파편이 되어 이리저리 날아 흩어졌다.

"여왕! 전부 당신의 것으로 만들도록 해!"

"나만 믿거라. 내 무용이 어느 정도였는지 마음껏 보여 주도록 하마!"

줄리오는 울부짖었고, 여왕 또한 씩씩하게 받아쳤다.

산산조각 난 핑크색 바위 조각이 전부 여왕의 몸으로 빨려 들어갔다.

…세계의 끝이 가까운 지금, 지맥에 가해지는 대미지 따윈 신경 써 봤자 아무 소용도 없다. 그보다 대지에서 분리한 성배의 모든 것을 여왕이 흡수하면….

지금까지 발렌시아 시에서 장시간 떨어질 수 없었던《하얀 여왕》.

가장 강대한 말이 독립적으로 활동할 수 있게 되었다. 세계의 위기에 맞서기 위해 줄리오가 준비한 대책 중 하나였다.

## 4

마침내 지구로 귀환한 로쿠하라 렌과 그 일행.

도착지는 튀르키예령 동쪽 끝, 아르메니아 및 이란과의 국경 근처. 강풍과 큰비, 계절에 맞지 않는 무더위가 렌 일행을 기다리고 있었다.

밤이었다. 게다가 가로등조차 없는 산기슭의 광야.

몹시 흥미진진한 상황에 렌은 그만 웃고 말았다.

"마치 일본의 여름 같아! 태풍이 왔을 때!"

"렌 님! 이런 대폭우 속에선 배도 출항을 못 해요!"

비바람 소리에 묻히지 않고자 렌도 카산드라도 큰 소리로 말했다.

리오나도 그에 맞춰 같은 성량으로 소리쳤다.

“비행기도 보나 마나 결항일 거예요! 아이, 귀찮아! 여러분, 제 옆으로 오세요!”

아라라트 산 근처의 관광지, 운석이 낙하한 흔적이라고 불리는 크레이터 바로 옆에서.

다들 세차게 내리치는 비를 맞고 있었다. 그런 와중에 모두가 모이자, 자유자재로 하늘을 나는 토바 리오나가 자신의 특기인 마술을 사용했다. 일행은 파란 빛의 덩어리에 감싸여 날아올랐다.

“이 정도로 비상사태라면 사람들에게 목격되고 UFO라 불려도 상관없어요!”

당당한 리오나의 힘에 의지해….

렌 일행은 발렌시아 시의 중심부에 돌아왔다.

그 후로는 간단했다. 결사 캄피오네스의 동료에게 연락해 마중 온 차를 타고 발렌시아 대성당까지 갔다.

“잘 돌아왔어, 렌. 카산드라 왕녀도 무사했구나.”

“줄리오 님! 또 만나 뵙게 돼서 기뻐요!”

“겨우 미션을 달성하고 왔어. 할 얘기야 많지만, 다들 비에 젖었으니 우선 샤워부터 해도 될까?”

줄리오와의 재회에 카산드라는 환희했고, 렌은 별것 아니라는 듯이 태연하게 말했다.

우선 향한 곳은 브란델리 가의 본가. 줄리오가 혼자 지내는 방과는 별개로 그의 일족이 대대로 소유해 온 저택이었다.

로쿠하라 렌, 왕녀 카산드라, 토바 리오나….

세 사람은 그곳에서 겨우 비에 젖은 옷을 벗고 샤워를 할 수 있었다.

앞날에 대한 불안은 끊이지 않았지만, 오늘 밤은 일찍 쉬기로 하고 세 사람은 각자 배정받은 침실로 들어갔다.

푹 자고 내일을 대비… 할 생각이었지만.

"렌 님. 드릴 말씀이 있어요…."

"카산드라."

깊은 밤, 로쿠하라 렌의 방에 소녀가 몰래 들어왔다.

문은 잠그지 않았다. 노크도 하지 않은 트로이 왕녀는 당연한 듯이 문을 열더니 방 안으로 쓱 들어왔다.

…방금 전, 각자 방으로 가기 전에 카산드라는 눈빛을 보내왔다.

굳이 아이 콘택트를 한 이유는 아직 리오나가 옆에 있었기 때문일 것이다. 이미 서로의 눈만 봐도 통하는 사이. 렌은 그 의미를 곧바로 이해하곤, 침실 문을 잠그지 않았다. 나중에 반드시 카산드라가 올 것이라고 확신했기 때문에.

이리하여 두 사람의 은밀한 만남은 쉽사리 실현되었다.

렌과 카산드라는 같은 침대에 나란히 앉아 몸을 기댄 채 이야기를 하기 시작했다. 밀착한 서로의 체온을 느끼면서.

“아까 요한 님께서 가신 후에 보였어요.”

“어떤 미래의 모습이?”

비극의 예언자가 봤다면 미래가 분명했다.

렌이 확인하자, 카산드라는 우울한 표정으로 고개를 끄덕였다.

“네. …많은 바닷물이 육지로 밀려들어 대지의 거의 대부분이 삼켜져요. 달과 태양도 하늘에서 사라지고, 그 대신 천 마리의 용들이 천공에 넘쳐흘러요.”

“우와, 나랑 줄리오도 전에 같은 걸 봤어.”

이미 정해진 미래나 다름없을 것이다. 렌은 쓴웃음을 지었다.

그건 그렇고, 최근에는 카산드라의 예지를 들어도 웬만한 일이 아니고서야 마음이 술렁거리지 않았다. 아무도 그녀의 예언을 믿지 않는다… 그것이 태양신 아폴론의 저주이며, 예전에는 로쿠하라 렌도 살짝 의심을 품을 뻔했다.

렌이 익숙해진 덕분인지, 아폴론이 없어졌기 때문인지. 그 둘 다인지.

어찌되었든 기쁜 발견이었다. 그러나.

“그뿐만이 아니에요. 저와… 줄리오 님이 마물의 독수에 걸리는 미래까지 보이고 말았어요….”

“뭐라고?”

이 예언에는 눈살을 찌푸릴 수밖에 없었다.

성난 기색을 보이는 바로 옆에서 카산드라는 불안한 듯한 표정으로 속삭였다.

“자세한 과정은 모르지만, 저희는… 둘이서 나란히 이무기의 **턱**에 삼켜지고 말아요. 그리고 이무기를 부추긴 것은 제우스의 딸….”

“아테나 씨구나.”

렌은 중얼거렸다.

…낙천적인 성격이라는 자각은 있다. 그러나 동시에 지금까지 카산드라의 예지가 백발백중이었다는 것도 알고 있다. 트로이 왕녀가 이야기하는 미래를 의심할 바엔 자신이 신은 신발이라도 벗어서 먹는 편이 나았다.

그래서 렌은 씨익 웃어 보였다.

“괜찮아. 통째로 삼켜진다고 해서 반드시 죽는다곤 할 수 없어.”

“그럴까요…?”

“그리고 말이야, 만약 줄리오와 카산드라가 그렇게 죽임을 당한다면… 난 반드시 아테나 씨를 이 손으로 없애 버릴 거야. 설령 무승부가 된다 하더라도. 내 목숨과 맞바꿔서라도 복수할 거야.”

여자가 상대라면 얼마든지 까불대며 아무 말이나 할 수 있다.

로쿠하라 렌은 ‘가벼움’이 신조이다. 그러니까 ‘넌 내가 반드시 지킬게’라고 말하면 된다는 걸 머리로는 알고 있었다.

하지만 아테나의 강대함을 피부로 느껴 알고 있기 때문에 도저히 그런 말은 할 수 없었다.

그 대신 무의식적으로 튀어나온 말이었다. 반드시 지킨다는 약속은 할 수 없어도 반드시 죽인다는 맹세라면… 왠지 모르게 지킬 수 있을 것 같다는 기분이 들었기 때문이다.

어쩌면 그것이야말로 신살자가 타고난 천성인지도 모른다.

그리고 호언장담한 렌의 옆얼굴을 카산드라가 가만히 바라보았다. 신살자의 눈에서 무언가를 찾아낸 걸까?

“기뻐요, 렌 님!”

카산드라는 난데없이 렌의 품에 달려들었다. 렌은 일부러 그대로 쓰러지더니 침대 위로 벌러덩 넘어지면서 그녀를 받아 냈다.

렌의 위에 엎드린 자세에서 트로이 왕녀는 입술을 가져다 댔다.

입맞춤은 느닷없이 농밀함을 더해 갔다. 한동안 시간을 잊고 입맞춤을 주고받으며 서로의 입술을 빨고 핥고 혀를 휘감으며 정애를 드러냈다.

당연히 위에 있는 카산드라의 몸은 렌의 몸에 밀착되어 있었다.

소녀의 풍만한 부분의 무게와 볼륨을 한껏 느낄 수 있었다. 무엇보다 부드러운 피부의 온기가 렌의 흥분을 부채질했다.

그녀에게 깔린 채로 렌은 겨우 그녀에게서 입술을 뗐다.

그 대신 밑에서 카산드라의 목덜미를 빨며 입술과 혀에 도장을 찍어 나갔다.

"아…."

평소에는 결코 겉으로 드러나지 않는 색기가 카산드라의 신음에 더해졌다.

"렌 님, 저, 불을…."

"응. 적어도 오늘 밤만큼은 우리끼리…."

드디어 본격적으로 두 사람이 후끈후끈 달아오르려 하던 찰나.

찰칵. 침실 문이 열렸다. 그러고 보니 카산드라를 불러들인 후, 방문을 잠그지 않았다. 느릿느릿한 걸음으로 들어온 사람은 놀랍게도….

"리오나 님…?!"

"아, 맞다. 리오나는 몽유병 비슷한 게 있었지."

잠에 취한 눈꺼풀을 이끌고 방에 비틀비틀 들어온 토바 리오나.

야타가라스의 환생이자, 로쿠하라 렌과는 권능 《날개의 계약》으로 맺어진 파트너. 그녀는 종종 렌과 하나가 되길 원해 잠자리까지 찾아오곤 했다.

"리오나?"

"음…."

이름을 불러도 정작 리오나는 멍하니 정신을 놓은 상태였다.

이대로 침실까지 옮기면 풍파를 일으키지 않고 마무리할 수 있을지도 모른다. 침대에서 카산드라와 껴안은 채로 있던 렌의 머릿속에 그런 생각이 문득 스쳤지만.

"어라…?"

갑자기 리오나가 화들짝 놀라더니 실내를 두리번두리번 둘러보았다.

"어? 어? 어?!"

같은 말을 세 번 반복한 후, 겨우 의미가 담긴 말을 내뱉었다.

"로, 로쿠하라 씨? 게다가 카산드라 왕녀님도 왜 그러고 계세요?!"

"리오나 님…."

여기서 렌은 감탄을 금치 못했다.

수라장엔 제법 익숙한 자신과 달리, 카산드라는 이런 상황을 처음 경험할 것이다. 하지만 리오나에게 차분한 미소를 건넸다.

조금도 주눅 들지 않고 우위에 선 자의 여유를 넌지시 드러내 보이면서.

"요컨대 보시는 대로예요. 앞으로는 조심해 주세요. 저와 렌 님, 둘만의 시간을 보내고 있는 경우도 많으니까요…."

"네…?!"

마침내 리오나는 진심으로 경악한 얼굴로 절규했다.

그리고 로쿠하라 렌이 수라장을 맞이한 그 무렵.

여신 아테나도 드디어 일을 벌이고자 어떤 장소를 찾았다. 그곳은 기묘하게도 렌 일행이 있는 위치에서 그리 멀지 않은 장소였다.

"이곳이군."

생긴 것도, 목소리도 10대 초반의 소녀 그 자체.

그럼에도 불구하고 가련함 따윈 전혀 찾아볼 수 없었다. 여왕의 위엄만이 눈에 띄었다. 지상을 붕괴시키고자 강림한 아테나는 어떤 건물 앞에 있었다.

그곳은 발렌시아 시 교외에 호젓이 세워진 서양관.

몇 시간 전에 줄리오 브란델리가 《파멸 예지의 시계》와 마주하고 있던 장소.

"인과의 뒤틀림을 불러일으키는 원흉이 이곳에 잠들어 있었구나…."

아테나는 중얼거렸다.

몸에 걸친 녹색 로브, 그리고 길게 기른 백은의 머리카락.

하지만 그 근사한 긴 머리에는 십여 마리의 '산 뱀'이 숨어서 몸을 꿈틀거리고 있었다. 뱀들은 살아 있는 것이다.

더는 제우스의 딸이 아니다. 지위는 스스로 버렸다.

지금의 아테나는 대지를 지배하는 여왕이자 성난 대지모신이었다.

## 제 2 장 chapter 2 날뛰는 아테나

1

아테나는 줄곧 세찬 비바람을 맞고 있었다.

지상… 인간들이 지구라고 부르는 대지의 어느 곳이나 마찬가지였다. 동쪽 끝의 섬나라, 북쪽 끝에 펼쳐진 얼음 벌판, 남쪽 끝에 우뚝 솟은 빙벽, 서쪽 끝에 해당하는 대륙의 가장자리….
그 모든 곳에 폭풍이 끊임없이 불어 댔고, 하늘에서 호우가 쏟아졌다.

당연히 아테나도 젖었다. 늘 흠뻑 젖어 있었다.

물을 빨아들여 무거워진 옷. 질퍽거리는 대지. 그러나 그런 자질구레한 일이 아테나에게 고통을 줄 리는 당연히 없었다.

개의치 않고 온 세계를 계속 떠돌았다.

아테나는 그저 걷고 또 걷고, 바다를 넘어 걷고 또 바다를 넘어….

지금 지상을 널리 채우는 비와 바람의 맹위를 똑바로 지켜보았다. 아니, 오히려 아테나가 찾아갔기에 그 지역에 비바람이 휘몰아쳤다.

대여신이 남몰래 갖고 있는 **어떠한 것**이 《물의 멸망》을 불러오고 있는 것이다.

게다가 아테나가 찾아다닌 지역은 기온도 올라갔다.

겨울의 한기를 밀어내고 여기는 남쪽 나라의 여름인가 착각해버릴 만큼.

사막과 밀림처럼 원래 더운 땅에서는 열기와 비와 수증기가 소용돌이치며 인간족에겐 몹시 불쾌한 공기로 변해 갔다.

원래 혹한인 지역마저 1년 내내 봄인 나라인 것처럼 따뜻한 기운이 눈을 녹였다.

대지와 대기를 덥히는 《불》의 신력.

휘페르보레아에서 죽음을 맞이한 아폴론이 자신에게 맡긴 불꽃. 세계를 멸망시킬 큰불이 아테나의 몸속에 잠들어 있기 때문에 일어난 기적이었다.

"후후후후."

아테나는 득의양양한 미소를 지었다.

“내가 이곳저곳에 나르는 《물의 멸망》. 아폴론이 나에게 맡긴 《불꽃의 멸망》. 그 두 개를 하늘의 심판으로서 감수하도록 하거라, 지상인들이여….”

지금의 지상, 인간족이 말하는 지구인지 뭔지 하는 곳은 너무나도 더러워져 있다.

그들이 이룩한 문명 때문에. 그들의 존재 때문에. 우선 그 어리석은 창조물을 한꺼번에 제거하고, 절조 없이 늘어난 인간들을 없애 버리고 나서 새로운 천지를 창조할 것이다.

“훗.”

아테나는 머릿속에 미래를 그리며 늠름하게 미소 지었다.

“아예 대지의 모양 자체를 바꾸는 것도 좋겠군. 지금은 ‘원형’이지만… 평평한 대지로 재창조하는 것도 재미있겠어.”

인간들은 ‘지구(地球)’라고 부른다.

하지만 대지가 둥글지 않고 평평해도 신들은 전혀 개의치 않는다.

그야말로 신, 그것도 지고한 신에게만 허락된 유희. 지금의 아테나에게는 하늘과 땅에도 자신의 의지를 관철하는 자유와 비장의 카드가 있었다.

은월의 빛이 깃든 여신의 머리는 길고, 그저 성스러웠다.

그 틈에서 십여 마리의 뱀이 얼굴을 내밀더니 길고 가는 몸통을 꿈틀거리고 있었다. 이것이야말로 지고한 옛 신의 권위를 되찾은 증표였다.

"하지만 파괴와 창조를 시작하기 전에."

더러워진 지상을 구석구석 답파한 후, 아테나는 어떤 곳을 찾았다.

"나의 심판에 의한 '세계의 끝'은 이쯤 되면 필연이나 마찬가지. 이렇게까지 준비가 갖춰졌으니 운명의 기사조차도 그 결실을 막을 순 없을 것이다. 하지만…."

밤.

강풍과 호우를 이끌고 온 아테나는 그렇게 남몰래 호언장담했다.

흉측하게 번영한 도시의 변두리. 논밭이 많은 지역에 세워진 서양관을 앞에 두고.

신살자와 신에 비견할 만한 자의 기척이 농후하게 떠도는 곳이었다. 그것도 당연하다. 이곳은 로쿠하라 렌이 거처로 삼고 있는 도시이기 때문이다.

그 남자를 섬기는 자들도 이 지역에서 세력을 떨치고 있다. 그러나 무엇보다 중요한 점은….

"인과의 흐름을 '울타리 밖의 기수*'로 **비틀어 버릴 수 있는** 존

※기수(奇手) : 기발한 수법. 바둑이나 장기에서는 모험적인 수를 뜻한다.

재가… 이곳에 있어. 제거해 둬야겠지?"

지혜의 신으로서 가진 영감이 그것을 아테나에게 가르쳐 주었다.

항상 누구보다 현명하고, 지모(智謀)와 기략에서 다른 이들을 압도하는 존재. 제우스의 딸이었던 그리스 세계의 신화에서도 그려진 모습이다.

올빼미를 사자로 삼으며, 총명하게 빛나는 눈 또한 이 새에 비유된다.

하지만 아테나는 애초에 예지가 넘치는 '뱀'의 여신이기도 했다. 그 증거로 그녀의 생애에는 뱀 요괴 메두사의 그림자가 늘 따라다닌다.

영웅 페르세우스가 바친 메두사의 목은 그 후 아테나의 방패에 장식으로 들어가게 된다.

메두사, 즉 고르고네스 세 자매 중 막내. 머리 대신 무수히 많은 '뱀'을 머리에 얹은 그녀는 죽고 난 뒤로는 방패가 되어 늘 아테나와 함께하는 존재라고도 할 수 있다. 또한 아테나는 지혜의 여신이지만, 메두사의 이름에도 '지혜'라는 의미가 있다….

메두사를 시작으로 한 뱀 여신들과 아테나는 표리일체의 존재인 것이다.

"철과 검으로 세워진 번영에 지금 이 여신이 철퇴를 내리마…."

엄숙하게 속삭인 아테나는 서양관 부지에 발을 들였다. 이곳에 잠든 '장애물'을 제거하기 위해.

2

세계의 종말은 초 단위로 진행 중이었다.

하지만 브란델리 가 저택에서는 그것과는 전혀 상관없는 논쟁이 벌어지고 있었다. 아니, 과연 논쟁이라고 부르기에 충분한 내용이라고 할 수 있는지 모르겠지만….

양쪽 진영의 주장을 요약하자면 다음과 같다.

고소인, 토바 리오나의 주장.

"하하하하. 파렴치하시네요, 로쿠하라 씨!! 카산드라 왕녀님과 그런 짓을 하시다니! 게, 게다가 저의 눈을 피해 몰래…."

피고인, 로쿠하라 렌의 주장.

"미안, 리오나. 너의 눈을 피해 만난 건 확실히 네가 불쾌하게 생각할 만도 해. 옛날 버릇이 남아 있어서 그만 숨기고 말았어. 생각해 보니 당당하게 하면 됐는데, 왜 그랬는지 모르겠네. 이미 눈치챘겠지만 나와 카산드라는 이런 사이가 됐으니까 잘 부탁해♪"

물 흐르듯이 자연스러운 주인님의 선언을 듣자마자 리오나는 "네에에?!"라는 한마디와 함께 말문이 막혔다.

결정적 순간을 리오나가 목격했는데도 로쿠하라 렌은 놀랍게도 전혀 부끄러워하지 않고 오히려 태연하게 웃으며 말했기 때문이다.

게다가 그는 이렇게 덧붙였다.

"그리고 파렴치는 조금 아닌 것 같아. 우리가 몰래 만난 건 다른 사람들이 불편하게 여기지 않도록 배려했기 때문이기도 하다고."

"배배배려를 했다고요?!"

적반하장인 발언에 리오나는 황당한 나머지 기절할 뻔했다. 로쿠하라 렌은 호탕하게 웃었다.

"응. 리오나는 물론, 줄리오나 스텔라도 그런 건 싫어할 것 같아서."

"그건 그래."

소란을 듣고 달려온 방청인 1, 줄리오는 고개를 끄덕였다.

"세계 멸망이 다가온 비상시국에 뭐 하는 짓이냐는 생각이 들지 않았다고 하면 거짓말이겠지. 하지만 뭐, 인간과 인간 사이의 연애 감정에 제동을 거는 것도 예의가 없잖아? 사명 달성에 지장이 없는 범위에서 사랑을 나누도록 해."

"고맙다, 줄리오!"

금방 까불대는 주인님은 '절친'에게 엄지를 척 세워 보였다.

또한 소동이 시작되자마자 모습을 드러낸 방청인 2, 소녀신 스텔라는 한숨을 푹 내쉬더니 귀찮은 듯이 말했다.

"난 한참 전에 눈치채고 있었기 때문에 아무래도 상관없어… 정말이지 렌도 참, 아프로디테의 눈에 든 인간답게 이런 방면에서도 선수란 말이지. 뭐, 새 아가씨에게도 들켰으니 앞으로는 마음껏 하고 싶은 대로 해."

"역시 스텔라는 말귀가 통한단 말이지."

"나한테도 경험이 산더미만큼 있으니 어쩔 수 없지. 나 원!"

"잠깐! 스텔라는 그게 끝이에요?!"

"저기요, 새 아가씨. 이 두 사람은 말이지, 틈만 나면 서로 쳐다보고, 껴안고, 뽀뽀하고, 난리도 아니었다고. 그것도 눈치 못 채다니, 숙녀로서 한심하기 짝이 없네."

"그런 걸로 제가 인격 부정까지 당해야 하나요?!"

리오나는 경악했다. 로쿠하라 렌을 총애하는 스텔라… 여신 아프로디테라면 틀림없이 가세해 줄 거라 믿었기 때문이다. 그리고.

"제가 한마디 해도 될까요?"

또 한 명의 피고인이자 로쿠하라 렌의 변호인, 카산드라가 입을 뗐다.

"제가 보고 들은 바에 따르면… 렌 님과 리오나 님은 확실히 약혼한 사이시지만, 그건 어디까지나 표면적인 관계. 서로의 힘과 입장을 이용하는 것이 전제인 '계약 약혼'… 이시잖아요?"

"크윽."

정곡을 찔린 리오나는 또다시 말문이 막혔다. 그 말이 맞기 때문이다.

자신과 주인님은 '그런 약속'을 맺고 약혼에 이르렀다. 게다가 약혼 이야기가 나왔을 때 우선 그는 이렇게 말했다.

'그렇다면 겉으로만 부부인 척하고 서로 진짜 상대는 따로 만드는 것도 가능하지.'

'모양뿐인 위장 결혼, 계약 결혼은 흔히 있는 이야기인걸.'

그때 그가 했던 말을 떠올리면서 리오나는 할 말을 찾았다.

그러나 도저히 적당한 말을 찾을 수 없었다.

총명하고 언변이 좋은 토바 리오나에겐 있을 수 없는 추태였다. 그 모습을 여유롭게 지켜보면서 트로이의 왕녀는 미소를 지었다.

"안심하세요. 카산드라는 어디까지나 음지에 있는 몸. 본처가 리오나 님이라는 사실은 전혀 변함없어요. 저는 그저 렌 님과 이렇게 다정하게 지내며 서로의 사랑을 확인할 수만 있다면 충분하답니다."

이상, 카산드라 측의 주장이었다.

이런 이야기를 나긋나긋한 말투, 어른스러운 미소와 함께 진

술했다.

변하지 않는 사랑을 알고 있기에 나오는 여유. 혹은 몸도 마음도 그에게 사랑받고 있다는 충족감에서 오는 심적 여유로움. 아무튼 그런 무언가가 지금 카산드라 왕녀의 성장과 힘이 되어 주고 있는지도 모른다.

왕녀의 미소를 앞에 두고 리오나는 완전히 KO당했다.

'뭐, 뭔가 납득이 되지 않아, 이 상황!!'

정체 모를 패배감과 초조함이 들었다. 태어나서 처음 알게 된 감정이었다. 안 돼. 리오나는 자신을 타일렀다.

'치, 침착하자. 일단 침착해야 해. 심록의 지장, 마인 그리니데처럼 말하면 'BE COOL… BE COOL…' 애초에 난 왜 이런 기분을 느끼는 거지…?'

알고 보니 나는 저 주인님을 좋아했던 걸까?

망나니 기질의 자유인, 로쿠하라 렌을? 아니, 아니, 그럴 리가 없어. 아마도. 분명히. 하지만 어쩌면…?

'애초에 우리는 니케의 권능으로 이어져 있잖아….'

주인님이 트로이에서 쓰러뜨린 날개 달린 여신 니케.

아테나를 섬기던 종속신으로부터 빼앗은 권능 《날개의 계약》. 그것은 하늘을 나는 존재를 로쿠하라 렌의 파트너로서 강화하는 힘이었다.

이 주적, 영적인 연결이 이따금 기묘한 행동을 하게끔 리오나를 유도했다.

하지만 그런 건 미트가르트를 여행할 당시부터 알고 있었다….

'생각할 수 있는 가능성은.'

리오나는 술렁거리는 감정을 억지로 무시하고 머리를 굴렸다.

아무튼 '그'를 신경 쓰게 되고 마는 이유에 대해 어떻게든 합리적인 이유를 찾고자 열심히 생각하던 리오나는 마침내 소리쳤다.

"로쿠하라 렌 씨!"

"왜, 리오나? 꽤나 생각에 잠겨 있던데."

"아, 아무튼, 위장 약혼은 일단 지금 할 얘기가 아닌 것 같고, 제 앞에서 카산드라 왕녀님과의 애정 행각은 삼가 주세요. 맞아요… 이건 아주 예민한 '여심'의 문제예요!"

"여심!"

놀라는 주인님에게 리오나는 강한 말투로 호소했다.

"연인이 아니더라도 가장 가까이에 있는 남성이 자신 외의 여자에게 마음을 주는 건 용서할 수 없어요. 메이세이 고등학교의 아이돌이나 일각관의 관리인도 그랬잖아요!"

"응? 그건 만화 얘기잖아."

오타쿠 취미에 대한 조예가 제법 있는 것치고 인격의 기초 부분은 비(非)오타쿠인 로쿠하라 렌은 단번에 반박했다.

“게다가 몇 십 년도 전에 나온.”

“상관없어요. 아니면 제가 아사쿠라 미나미나 쿄코 씨보다 못하다는 말씀인가요?!”

“새 아가씨. 사랑의 여신으로서 충고해 주자면… 너, 지금 빠져선 안 되는 수렁에 빠져 가고 있어.”

렌은 당혹스러워 어쩔 줄 모르고, 리오나는 제정신이 아니고, 스텔라는 질색을 하고 있었다.

이렇게 언쟁이 경로를 이탈하려던 그때.

전화가 왔는지 줄리오가 스마트폰을 꺼냈다. 짧은 대화. 부하의 보고를 듣는 결사 캄피오네스 총수는 매우 심각한 표정이었고….

“나쁜 소식이야.”

통화를 마친 줄리오는 말했다.

“아테나로 추측되는 여신이 이 발렌시아에 출현했어. 게다가 우리 결사 캄피오네스의 시설에. 그 《파멸 예지의 시계》를 보관 중인 건물이야.”

“어째서 그런 곳에?”

신의 이름을 듣자마자 로쿠하라 렌의 표정에 긴장감이 돌았다.

전사에 걸맞은 얼굴이라 할 수 있었다. 그런 신살자의 제1측근인 결사의 후계자는 고개를 절레절레 저었다.

“모르겠어. 지금은 이미 그 시계에 이용 가치 따윈 없으니까.

생각할 수 있는 가능성은, 어쩌면….”

어찌 됐든 현장으로 서둘러 가야만 한다.

리오나도 서둘러 마음을 다잡고 주인님을 향해 고개를 끄덕였다.

## 3

아테나가 침입한 서양관에는 작은 예배당이 있다.

몇 달 전 옮겨진 이후로 《파멸 예지의 시계》가 째깍째깍 울리던 곳이다. 그러나 여신은 그쪽에는 눈길조차 주지 않았다.

여왕에 걸맞은 당당한 발걸음으로 2층으로 된 본관을 향해 다가갔다.

“불가사의하고 무시무시한 힘, 마땅한 인과의 귀결을 일그러뜨리는 힘이 이곳에 서린 채 해방될 그때를 기다리고 있다…. 참으로 성가시지 않을 수 없군.”

본관은 주법의 결계가 쳐져 있었다.

그 누구의 침입도 허가하지 않겠다는 종류의 그것이었다. 이 오래된 건물은 보통 사람이라면 문을 열지도 못하고, 발을 들여서도 안 되는 곳이었다.

그러나 인간의 기술로 쳐진 결계 따위, 아테나에겐 아무 의미도 없었다.

어떠한 말을 한 번 읊기만 하면 전부 해결된다.
"모두 타 버려라."
아폴론이 넘겨준 불의 신성, 그것을 불러일으키는 언령.
건물은 금세 화염에 감싸이더니 성대하게 타오르기 시작했다. 작열하는 겁화가 어두운 밤을 비추었다. 세차게 내리는 비도 불의 기세를 꺾을 수는 없었다.
벽돌로 만들어진 2층 건물은 결코 작지 않은 크기였다.
그러나 활활 타오르는 불꽃 속에서 불과 몇 초 만에 흔적도 없이 다 타 버렸다. 불의 신의 언령을 쓴 이상 지극히 당연한 결과였다.
목재는 물론 튼튼한 벽돌까지 융해해 버릴 만큼 고온이었다.
불꽃은 토대조차 남기지 않을 정도로 건물을 전부 태워 버린 후, 하늘을 그을릴 듯한 기세로 타올랐… 어야 했다.
지금, 아테나의 눈앞에 도리를 뒤엎는 광경이 일어나고 있었다.
건물을 태워 버린 겁화가 서서히 작아져 가는 것이었다!
"역시."
마침내 불꽃이 완전히 꺼지는 것을 지켜본 아테나는 그렇게 중얼거렸다.
모든 것이 소멸되어 재로 변해 버린 땅.
그곳에 침대가 하나 놓여 있었다. 하얗던 천은 새까맣게 더러워져 있다. 하지만 그것은 그을음 때문이었다. 탄 자국이 아니었다.

새까만 침대에는 역시나 그을음으로 더러워진 소녀가 새근새근 잠들어 있었다.

피부는 갈색. 배 위에 깍지를 낀 채 놓인 두 손. 그리고 잠옷을 입고 있다. 잠든 얼굴은 매우 평온해 보였다. 이 소녀가 아테나의 겁화를 막은 것이다.

그뿐 아니라 건물을 전부 태운 불꽃을 소멸시켜 버렸다.

보통 사람이 할 수 있는 소행이 아니었다. 하지만 주법이나 신력에 높은 내성을 가진 '신살자'의 육체라면 전혀 이상하지 않다.

"또 한 명, 숨어 있었구나."

로쿠하라 렌과는 다른 신살자가. 아테나는 고개를 끄덕였다.

"하지만 잠자는 관에 사로잡힌 몸이기도 한 것 같군…. 그렇다면 다시 한번 신벌의 철퇴를 휘둘러 처리하면 그만."

'자, 잠시만요!'

난데없이 소녀의 목소리가 끼어들었다.

침대 바로 위에 '살아 있는 자의 영혼'이 출현한 것이다. 갈색 피부에 잠옷을 입은 가련한 소녀. 잠들어 있는 신살자의 모습 그대로였다.

'말도 없이 냅다 자는 사람을 습격하다니, 너무하세요! 유서 있는 여신님이시죠? 우, 우선 저와 얘기라도 하지 않으시겠어요?'

"거절한다."

아테나는 짧게 대답했다.

“네가 한 말이 맞다. 말도 없이 널 없애마. 죽어라.”

‘히이이이이이이이이잉! 저, 저 좀 봐 주세요! 제가 몸은 잠든 상태라서 힘을 거의 쓸 수 없단 말이에요오오!’

권능이 봉인된 듯했다. 마침 잘됐다.

그러나 굳이 말하지 않았다. 말수가 많은 생령에게 질려 있었기 때문이다.

밤하늘에 자욱한 비구름이 비를 세차게 퍼붓고 있었다. 아테나는 재빨리 그곳에서 번개를 몇 발 내리치게 했다.

제우스의 소유물인 천둥은 그 딸에게도 익숙한 무구였다.

우르르릉. 두 사람의 머리 위에서 비구름이 내는 중저음이 울려 퍼졌다. 신살자의 생령은 힘껏 소리쳤다.

‘미, 밑져야 본전! 내 몸아, 근성을 보여 주렴!’

말 그대로 죽을힘을 다해 소리쳤다. 그야말로 영혼의 외침이었다.

그리고 침대에 반듯이 누운 몸에서 엄청난 힘의 파동이 용솟음쳤다.

‘복된 자, 선을 행하는 자에게 은총이 있을지어다! 선인에게는 선과(善果)가 따르고, 악인에게는 악과(惡果)가 따르거라!’

“윽… 그것이군!”

아테나는 눈을 휘둥그렇게 떴다.

인과의 귀결을 강제적으로 꺾어 버리는 힘의 파동. 그것은 사람들이 '행운'이라 부르며, 또한 '불행'이라 부르며 꺼리는 것이었다.

이 신살자가 숨기고 있는 권능을 아테나는 직감으로 꿰뚫어 보았다.

"길과 흉, 행운과 불행… 인과의 귀결을 일그러뜨리는 **두 종류의 힘**을 비정상적으로 높이는 권능이군. 자신에게 유리하게끔 행운을 끌어당기고, 남에게 불행을 떠넘기는…. 참으로 구제할 길이 없는 제멋대로인 힘이 아닐 수 없구나!"

봉인되어 있던 힘. 그러나.

죽음의 공포를 계기로 쉽사리 끌어내고 말았다.

그렇다. 신살자 짐승이란 늘 그런 짓을 저지르는 파렴치한 존재인 것이다. 아테나는 혀를 차면서 '콰앙!' 하고 울리는 천둥소리를 들었다.

머리 위에서 벼락이 떨어졌다.

신살자가 잠든 침대와 생령을 내리 덮쳤다.

하지만 아테나는 어차피 공격은 소용없다는 것을 알고 일찌감치 포기한 상태였기에, 번개의 위력이 '어떠한 것'에 빨려 들어가도 전혀 놀라지 않았다.

소녀와 침대 바로 앞에 막대기 모양으로 생긴 무언가가 홀연히 나타난 것이다.

그것은 땅에 꽂힌 철검이었다. 백금색으로 빛났고, 칼날의 길이는 어린아이의 키 정도이다. 그 두꺼운 칼날은 손도끼를 연상시켰다.

이 빛나는 대검이 아테나가 내리친 벼락을 전부 빨아들여 봉인한 것이다.

'어머나, 아주 근사한 검이네! 어떤 친절한 사람이 쓰게 해 준 건가? 어디서 본 적이 있는 것 같은데!'

너무나도 갑작스러운 기적에 신살자의 생령은 눈을 반짝거렸다.

한편, 아테나야말로 이번에는 대검의 성스러운 빛을 앞에 두고 경악했다.

"어째서 하필 **네**가 강림했지?! 하얀 광명이 깃든 칼날. 이 세상 최후의 순간에 나타나 세계를 수호하는 신기… 《구세(救世)의 신도(神刀)》여!"

신살자 소녀가 '행운의 권능'으로 불러들인 구세주.

그것을 가진 자는 구세주, 용자라고 칭송받으며 세계를 수호한다고 하는 운명까지 맡게 된다. 궁극의 신구인 것이다.

한동안 이것을 떠맡는 자는 없었는데….

아테나는 곧바로 깨달았다.

"그렇군…. 지금의 나는 이 세계의 운명을 비틀어 세계를 멸망시키고자 하는 대죄인. 그래서 구세의 검이 강림한 거구나. 저 신살자의 권능에 이끌려 나를 치기 위해…!"

'잘 모르겠지만, 덕분에 살았어요! 감사해요!'

소녀의 생령은 호쾌하고 웃고 있었다.

이로써 궁지를 벗어날 수 있겠다고 생각했을 것이다. 그러나 아테나도 씨익 미소를 지었다. 이 이상의 행운은 이제 없으리라 꿰뚫어 본 것이다.

아테나는 예지의 신. 하늘의 계시를 통해 많은 일을 갑작스레 깨달아 버린다.

"역시 행복과 불행은 마치 꼬아 놓은 새끼처럼 번갈아 오는 법이구나. 신살자여, 아쉽게 됐구나. 확실히 그 신도는 유서 깊은 정통 구세무구. 하나 그것을 휘두를 검사가 없다. 아직 잠의 포로인 너의 손에는 많이 무거울 테고."

'네?'

소녀의 생령이 황급히 하늘을 두둥실 날았다.

대지에 꽂힌 신도의 옆까지 가선, 칼자루에 손을 뻗었다. 그러더니 칼자루를 잡고 뽑으려 했지만 헛수고로 끝났다. 그래 봤자 영체. 신도를 만질 수 없기 때문이다.

소녀의 생령은 멋쩍음을 감추듯이 실실 웃었다.

'아, 아뇨, 아마 괜찮을 거예요. 방금처럼 알아서 움직이고, 자동 운전으로 저를 지켜 준다면…."

"나도 이번에야말로 혼신의 힘을 다해 너를 묻어 주마."

아테나는 거만하게 웃었다.

"애초에 제우스의 무구 따윈 사용해선 안 되었다. 한때는 아버지라 부르던 상대지만, 아테나에겐 사실 원수나 마찬가지인 남자. 나의 어머니이자 분신인 여신 메티스를 범하고 삼켜 버리기까지 한 잔학무도한 놈이니까…."

'가, 가정의 불화를 다른 사람 앞에서 굳이 드러낼 필요는 없잖아요.'

소녀의 생령은 열심히 웃으면서 호소했다.

'저는 슬슬 물러갈게요! 실례가 많았습니다!'

"도와주마. …여행을 떠나도록 하거라. 어두운 땅속 명계로. 대지의 어머니께서 다스리시는 영역, 삶과 죽음을 함께 관장하는 여왕의 나라이다."

시끄러운 소녀의 생령, 신살자의 본체가 잠들어 있는 침대.

그 바로 아래가 단숨에 무너져 내려갔다. 개미들의 소굴과도 비슷한 구멍이 땅에 생기더니, 흙과 진흙과 침대를 삼키기 시작한 것이다.

육체와의 '영혼의 유대'에 질질 끌려 소녀의 생령도 함께 잠겨갔다.

'히익! 또 힘내 봐, 내 몸아!'

신살자의 육체는 그 외침에 부응하듯이 신력과 주법을 없애려 했다.

그래서 그녀가 반듯하게 누워 있는 침대는 천천히, 그리고 조금씩 땅속으로 잠겨 갔다. 원래라면 눈 깜짝할 새에 사라졌어야 했다.

아테나는 열심히 저항하는 신살자에게 거만하게 말했다.

"더 이상 무리하지 말거라. 너의 몸은 열심히 건투했다고 칭찬받아 마땅하다. 하나 영혼과 떨어져 있는 이상, 아무리 저력을 발휘해도 결말은 뻔하다…."

누군가에게 빌린 불도, 천둥도 아니다.

이번에야말로 그녀가 본디 가지고 있는 권능으로 내린 신벌.

그렇다. 태고의 모습으로 회귀해 '뱀'과 하나가 된 아테나는 대지모신이자 죽음의 여신인 것이다.

정상 상태라고는 하기 힘든 심신으로 끝까지 저항할 수 있을 리가 없었다.

'어, 어디 아무 신이나 부디 이 아이샤를 도와주세요…!'

신살자로서는 아니 될 기도를 올리며 소녀의 생령이 소리쳤다.

보아하니 '아이샤'라는 이름인 듯했다. 하지만 그 이름에는 더 이상 가치가 없었다. 침대와 잠든 육체, 그리고 생령까지. 신살자 마녀는 마침내 깊숙한 대지 밑으로 푹푹 잠기더니, 두 번 다시 위로 떠오르지 않았다.

우선 첫 번째 승리.

아테나는 고개를 끄덕이면서 하늘을 올려다보았다.

세찬 비바람이 어둠 속에서 거칠게 불어 댔고, 밤하늘은 몹시 사나워져 있었다. 하지만 저 멀리에서 금색 빛이 날아왔다.

그것은 틀림없이 불새. 황금색으로 빛나는 영조.

로쿠하라 렌의 권속이 주인을 데려온 것 같았다. 드디어 2라운드의 시작이었다.

## 4

"잘 왔다, 로쿠하라 렌."

휘페르보레아의 명계에서 뱀 머리카락을 지닌 여신으로 변한 아테나.

확연히 강해진 것이 보이는 '숙적'과 렌은 의외로 본거지 발렌시아의 교외에서 재회를 이루었다.

"나는 더러워진 지상을 정화하기 위한 준비를 거의 끝냈다. 남은 걸림돌은 너뿐이다. 얼른 처리해 주마."

"얘기 진도가 꽤 빠른데?"

투지 넘치는 대여신과 대치한 렌은 중얼거렸다.

"하지만 여기까지 온 이상, 싸우는 것 말고 다른 선택지는 없겠군…. 좋아. 그 도전, 받아 줄게. 나와 리오나 황금 콤비가!"

'네! 따끔한 맛을 보여 주죠, 주인님!'

폭풍우가 몰아치는 무더운 밤, 비바람 속에서 야타가라스가 날고 있었다.

금색 날개를 크게 펼치고 거칠게 부는 바람을 유유히 받아넘기면서 하늘을 날았다. 그러나 날개 달린 파트너를 가진 것은 렌만이 아니었다.

아테나도 하늘을 향해 소리를 질렀다.

"길바닥에서 죽임을 당한 니케를 대신해 나에게 헌신하거라, 하피!"

고베에서도 만났던 인면조, 그리스 신화의 괴물.

얼굴과 상반신은 '인간인 미녀'. 두 어깨에 '새의 날개'. 하반신은 새 그 자체. 그것이 하피이다. 깃털은 까마귀처럼 까맣다.

하지만 이번에 아테나가 불러낸 요괴 새는….

하피라는 이름은 똑같지만 깃털은 순백색. 게다가 거대했다.

날개 길이가 20미터를 넘는 야타가라스와 거의 같은 사이즈. 일본의 영조는 황금색으로 빛났고, 지중해의 요괴 새는 순백색으로 빛나고 있었다.

그리고 야타가라스는 푸르스레한 불꽃을 두 날개에서 쏘지만….

하피는 그 아름다운 두 눈에서 붉은 섬광을 쏟아 냈다.

불꽃과 섬광은 공중에서 정면으로 격돌하자마자 소멸했다. 그것을 신호로 야타가라스와 하피는 공중에서 격투전을 시작했다.

서로를 추격하면서 등 뒤에서 화염과 섬광을 쏘아 댄다.

야타가라스가 뒤쪽을 사수하면서 금색 날개로 날갯짓을 해 화염을 뿜어냈다.

그 공격을 하피는 멋진 반전으로 피하면서 야타가라스의 등 뒤를 장악해 두 눈에서 섬광을 끊임없이 쏘았다.

그렇다면 질 수 없다며 급선회로 받아치는 야타가라스. 급강하로 금세 야타가라스를 뒤쫓는 하피.

단순한 공격력뿐 아니라 하늘을 제압하는 자로서 '날개'의 우열 또한 가리려 하는 신조(神鵬)들의 싸움이었다.

그 무렵, 질퍽거리는 지상에서 두 주인은 대결을 벌이고 있었다.

"번개의 방패 아이기스여. 지금은 수비를 버리고 나의 원수를 구축(驅逐)하거라!"

"또 그 녀석이야?! 반갑네!"

예전에 트로이에서도 상대했던 《아이기스의 방패》.

염소 가죽을 씌운 네모난 방패. 단, 손으로 들지 않아도 공중에 뜬 상태로 아테나의 머리 위에서 전격을 잇따라 퍼부었다. 표적은 물론 로쿠하라 렌이다.

렌은 여신 네메시스의 빠른 발로 뛰고 점프하고 스텝을 밟아 연달아 그 공격을 피했다.

근거리에서 떨어지는 전격을 모두 피할 수 있는 것도 로쿠하라 렌이 신속, 즉 번개와 같은 스피드를 소유한 신살자이기 때문이다.

적의 공격을 쉴 새 없이 피하는 것도 복서 시절부터 특기였다.

하지만 이번에는 렌의 '장기'를 방해하는 장애물이 있었다.

"그 눈빛. 불편하네, 아테나 씨!"

"크크크크. 메두사의 주박은 너를 영원히 붙들어 맬 것이다. 뛰어 돌아다니기를 그만두자마자 석상으로 변할 뿐이다!"

아테나는 공격을 전부 《아이기스》에게 맡긴 상태였다.

게다가 렌을 계속 응시했다. 신의 속도로 뛰어다니기 때문에 보통 사람의 눈으로는 어디에 있는지도 인식이 불가능한 로쿠하라 렌의 모습을 가만히….

올빼미의 눈처럼 아테나의 두 눈은 어둠 속에서 빛나고 있었다.

게다가 렌을 쳐다보는 눈은 또 있었다. 여신의 아름다운 은발에서 돋아난 십여 마리나 되는 뱀들의 두 눈. 두 눈. 두 눈. 두 눈.

이들의 시선에는 확연하게 저주가 깃들어 있었다.

뱀들이 쳐다보는 것만으로도 로쿠하라 렌의 몸은 경직되었고, 다리가 무거워졌다.

"크윽…. 그렇다면!"

렌은 마력을 높여 시선의 주박을 뿌리치려 했다.

그러나 뱀 여신으로 변한 아테나의 힘은 예전보다 훨씬 강해져서 그 또한 마음대로 되지 않았다. 이대로 온몸이 돌로 변할 것 같았다. 아니, 분명히 그렇게 될 것이다.

석화의 위기를 직감한 그때, 《아이기스》의 전격.

우선 동작을 멈추게 한 후, 전광석화와 같은 추격타를 가한다. 실로 합리적인 조합. 렌은 뒤쪽으로 크게 점프하며 번개를 피했다.

그대로 네메시스의 빠른 발을 살려 '탁, 탁, 탁!' 하고 백스텝.

동작은 단지 그뿐이었다. 그러나 불과 그 몇 초 사이에 거리로 돌아왔다. 교외에서 발렌시아 시의 중심부 쪽으로 20킬로미터 이상이나 순식간에 이동한 것이다.

"여긴 투우장 근처인가…?"

로마의 콜로세움이 이렇게 생겼을까 싶은 원형 경기장.

근처에 있는 시청이나 역사 등은 일본인의 시선에서 보면 백아의 궁전이라고 부르고 싶어지는 건축물이었다. 평소와 같은 밤이라면 발렌시아 시에서 가장 활기가 도는 떠들썩한 일대 중 하나일 것이다.

하지만 오늘 밤은 폭풍 때문에 거리를 다니는 사람은 아무도 없었다. …아니.

바로 눈앞에 있는 돌바닥에서 아테나가 쫘아악 솟아 나왔다. 마치 풀이나 나무라도 돋아나듯이. 렌은 너무 놀라 말을 잃었다.

"설마 순간이동?!"

"지금의 아테나는 평범한 여신이 아니다. 위대한 지모신이기도 하다. 네가 대지 위에 있는 한, 어디로 도망쳤는지 바로 알 수 있다."

아테나는 훗 하고 미소를 짓더니, 렌을 응시했다.

"너를 뒤쫓는 것도 이렇게 머릿속에 그리기만 하면 된다…."

다시 아테나의 눈, 그리고 뱀들의 눈에 의해 점차 주박에 걸려 갔다.

눈, 눈, 눈… 렌의 몸이 또다시 굳기 시작했고, 몇 발이나 되는 벼락이 그런 렌을 덮쳤다.

"이렇게 된 이상, 악을 쓰고 도망칠 수밖에!"

전격을 피하자마자, 렌은 또다시 온 힘을 다해 뛰기 시작했다.

관광지이기도 한 레이나 광장으로. 또다시 아테나가 땅에서 솟아났다. 《아이기스의 방패》도 번개를 내리쳤다.

다시 한번 피했다. 이번에는 발렌시아 시의 동부, 박물관과 수족관이 나란히 있는 일대.

그러자 또다시 아테나와 《아이기스》가 나타났다. 렌은 빗발치듯 쏟아지는 전격을 피하면서 시내 이곳저곳으로 도망쳤다.

항구. 정원. 구(舊)시가지의 성벽이 있던 자리. 주택가. 해변으로 돌아와 모래사장으로.

그가 가는 모든 곳에 아테나와 번개를 내리치는 방패가 쫓아왔다.

렌은 마침내 발을 멈춰 도망치기를 포기했다.

밤의 모래사장에는 비가 쏴아아아 내리고 있었다. 물론 인기척은 전혀 느껴지지 않았고, 저 멀리 거리의 불빛이 보였다.

"큰일이군. 끝까지 도망칠 수 없는 건 정말인 것 같네."

"너도 각오를 한 것 같구나."

웃는 얼굴로 항복한 렌. 《아이기스의 방패》를 거느린 뱀 여신 아테나.

일대일로 다시 한번 마주 보았다. 둘 다 '날개 있는 파트너'는 신경 쓰지 않았다. 그들이라면 필요할 때 바로 달려올 것이다.

물론 렌이 '큰일이군'이라고 했던 말은 단순한 농담. 아테나도 알고 있을 것이다.

그러자 빗줄기도 점점 약해지더니 마침내 비가 뚝 그쳤다. 벌써 일주일 이상이나 내렸다고 하던 그 비가.

두 사람의 진지함에 압도당한 것일지도 모른다.

그리고 대여신의 손에 지팡이 한 자루가 나타났다. 선단에는 '새의 날개' 장식이 달려 있다. 아테나가 애용하는 무기였다.

그 지팡이를 지금 아테나는 렌을 향해 창을 던지듯이 던졌다!

"자! 이제부터가 싸움의 절정이다, 로쿠하라 렌!"

"그럼 나도 진심으로 덤벼야겠군. …목숨을 해하는 악행에 네메시스는 신벌을 내리노라. 정의의 심판이 있기를!"

번개를 낳는 《아이기스의 방패》와 아테나의 모든 것을 부숴 버리고자….

렌은 마침내 언령을 읊었다.

지금까지 실컷 전격을 당한 만큼 인과응보의 비축분도 충분히 쌓여 있었다. 그 대부분을 일제히 방출하면 아무리 아테나와 《아이기스》라 하더라도 치명적인 공격을 할 수 있을 터!

렌의 등 뒤에 여신 네메시스의 환영이 나타났다.

아이스블루의 머리에 검은 가면, 아름다운 진홍색 드레스를 입은 날개 달린 미녀….

게다가 혼자가 아니었다. 24명이나 되는 미녀가 로쿠하라 렌의 약간 뒤에 뜬 상태로 옆으로 나란히 서서 두 손을 내밀고 있었다.

그녀들의 손안에서 둥근 모양의 전광이 파직파직 불꽃을 일으키고 있었다!

"나와 네메시스 씨의 전력을 맛보도록 해!"

"좋다, 로쿠하라 렌… 너의 그 기세에 나도 비장의 카드로 상대해 주마. 너에겐 아이기스를 능가하는 방패가 될 것이다."

"뭐…?!"

등 뒤의 네메시스들이 번개를… 쏘기 직전이었다.

렌은 경악했다.

대여신이 된 지금도 체구는 작은 아테나의 바로 앞에 인간 둘이 홀연히 나타났기 때문이다.

아직 젊은 남녀였다. 그들이 움직이지 못하도록 그들의 몸통 및 두 팔에 칭칭 감겨 있는 것은 하얀 밧줄… 아니, 놀랍게도 백은색 뱀이었다.

둘 다 의식이 없는지 두 눈을 감고 있었다.

염력 같은 뭔가가 지탱해 주고 있는지 막대기처럼 일자로 선 남녀는 마치 제물처럼 보이기조차 했다. 렌은 참지 못하고 소리쳤다.

"카산드라! 줄리오!"

사랑하는 트로이 왕녀와, 알고 지낸 지는 얼마 되지 않았지만 절친이라 부르기에 충분한 청년.

렌은 순간적으로 염을 보냈다. 부탁이야, 네메시스 여러분. 부디 인과응보를 조금만 늦춰 줘…!

여신들은 그 마음을 따라 주었다.

인과응보의 전격을 재빨리 중단했다. 그러나….

표적을 잃은 벼락은 네메시스들의 손에서 허무하게 폭발하여 그 충격으로 그녀들의 환영이 날아가 버렸다!

게다가 로쿠하라 렌의 머리부터 발끝까지 격렬한 전류가 돌았다!

아테나와 《아이기스》에게 향하려던 전격의 대미지가 사라진 네메시스 일행뿐 아니라 렌 본인에게도 돌아온 것이다.

"으아아아아아아아아아아아아아아아아아아악?!"

렌은 절규하며 쓰러졌다.

비에 젖은 모래사장에 푹 엎드린 채 그대로 더는 움직이지 못했다.

아무튼 전신의 격통이 어마어마했다. 어디를 더 심하게 다쳤는지 짐작조차 가지 않았다. 하지만 심장이 멈추려는 것만은 간신히 자각할 수 있었다.

발로 이리저리 도망치는 아웃 복서에게 있어선 안 되는 큰 대미지.

그런 렌의 모습을 내려다보며 아테나는 만족스러운 듯이 중얼거렸다.

"네가 네메시스의 권능을 사용해 그야말로 과거와 현재의 인과를 조종하는 순간에 간섭이 가능하면 참 재미있는 일이 벌어질 것 같다고 느꼈거든. 혹시나 해서 한번 해 보니 역시 내 예상이 맞군. 방심했구나, 젊은 신살자여."

"바, 방심한 적은 없는데, 말이지…."

렌은 젖은 모래사장에 푹 엎드린 채 겨우 얼굴과 목만 움직였다.

유유하게 서 있는 아테나를 간신히 쳐다보았다. 단, 눈앞이 뿌옇게 물들어 시야 안에 있는 여신의 모습이 몹시 흐릿하게 보였지만.

그래도 렌은 가냘픈 목소리를 열심히 쥐어 짜냈다.

"카산드라가… 본인과 줄리오가 습격을 당할 것을 예지했어. …그걸 줄리오에게도, 《여왕》에게도 전했고…."

짧은 시간 동안이라면 신과도 맞서 싸우는 《하얀 여왕》에게 호위역을 맡겼다.

때문에 카산드라와 줄리오에게 위험이 닥친다면 더 진흙탕 같은 총력전이 벌어져 아무도 두 사람을 지킬 수 없게 된 이후일 줄 알았는데.

그러자 아테나는 웃음을 띤 목소리로 말했다.

"확실히 이자들의 곁에는 용맹한 여전사가 있었다. 정면으로 부딪쳤다면 굉장히 애를 먹었겠지. 그러나 아테나는 기략의 신이기도 하다. 이 몸을 섬기는 뱀들이 그런 여전사 하나 정도 감쪽같이 못 속일 것 같으냐?"

용감한 싸움의 여신답지 않은 이야기… 아니. 렌은 깨달았다.

"그러고 보니 트로이의 목마 작전에도 아테나 씨가 한몫 거들었지…."

"음, 그래. 싸움에 기략, 계략은 따라다니기 마련. 나는 전군을 통솔하는 여왕으로서 지혜를 짜냈고, 비장의 카드를 손에 넣었지. 그뿐이다."

"그 오디세우스 씨도 귀여워했을 정도니까 말이지…."

괴짜이자 뛰어난 지혜를 가진 자이자 거짓말쟁이이자 바람둥이 영웅 오디세우스.

그런 녀석의 두둔자이기도 했던 점은 오히려 여신 아테나의 수수께끼와 같은 부분이라 불러야 할지도 모른다.

엄청난 강적이었다. 그러나.

"…그래도 기합을 다시 넣고 카산드라와 줄리오를 구해야 해…."

렌은 떨리는 목소리로 중얼거리고는, 스스로에게 활력을 불어넣으려 했다.

그 무엇보다도 투지가 신살자 짐승으로서 가진 활력과 생명력에 불을 붙인다. 예전에 누군가가, 아마도 줄리오가 가르쳐 주었다.

그러나 그런 로쿠하라 렌에게 여신의 목소리가 다정하게 말했다.

"좋다. 무리하지 마라, 신살자여…. 거기 있는 젊은이와 카산드라 공주는 내가 보호하마. 세계가 멸망하는 와중에도 털끝 하나 다치지 않도록 배려해 주마. 아테나의 이름 아래 맹세해 주지."

그렇게 속삭이는 아테나는 즐거운 듯이 미소를 짓고 있었다.

단, 그것은 적을 괴롭히는 것에서 희열을 찾아내는 잔학한 웃음이었다.

"이 더러워진 세계를 한차례 멸망시키고 나면 어차피 인간은 **또 필요하거든**. 그때 그들에게도 날 돕게 하겠다. 넌 더 이상…

싸우지 않아도 된다."

"우와. 그럴듯한 말로 전의를 상실하게 만들러 왔구나…."

설마 인질의 생존을 확실하게 약속함으로써 적의 투지를 꺾으려 할 줄이야.

참으로 음흉하고 교묘한 아테나의 화술. 밀고 당기기. 게다가 렌의 의식도 점점 몽롱해지기 시작했다….

그때였다. 저 멀리서 파트너의 염이 전해져 왔다.

'…지금 그쪽으로 갈게요, 로쿠하라 씨!'

"호오."

비가 그친 밤하늘. 먹구름이 펼쳐진 가운데, 금색 야타가라스가 날아왔다.

그 모습을 힐끔 올려다본 아테나는 거만하게 미소를 지었다.

"내 하피를 해치우고 왔구나. 그렇다면 또 하나, 그리고 진정한 비장의 카드를 꺼내야 하겠군…."

"지, 진정한 비장의 카드?!"

"지금 열려라, 《종말의 그릇》이여. 세상의 온갖 재앙이여, 모여라. 나의 종이 되어 새로운 여왕을 위해 엄니와 검을 휘둘러라!"

의식이 흐릿해지는 가운데, 렌은 몹시 불안한 말을 들었다.

씩씩하게 호령하는 아테나는 이미 로쿠하라 렌이 아닌 허공의 한 점을 응시하고 있었다.

어두운 밤하늘. 비는 그쳤지만 먹구름이 하늘을 뒤덮고 있었다. 그리고 대여신 아테나의 시선 끝에… 거대한 '문'이 나타났다.

나무로 된 문이 공중에 난데없이 홀연히 나타난 것이다.

아무튼 거대했다. 특촬 영화에 나오는 괴수들도 여유롭게… 5, 60마리 정도는 한꺼번에 지나다닐 수 있을 만큼. 생김새는 간소하고 문손잡이조차 없었지만.

그 문이 저절로 끼이익 열렸다.

그곳에서 잇따라 뛰어나온 것은 그야말로 '괴수들'이었다.

"나와 줄리오가 봤던 녀석들이야…!"

의식이 끊기느냐 마느냐의 갈림길에서 렌은 이해했다.

고도 발렌시아에 면한 지중해의 일각 발레아레스 해. 그 상공에 지금 어마어마한 숫자의 거대생물이 출현했다.

붉은색, 파란색, 검은색, 초록색, 금색, 은색 등, 다양한 색의 드래곤들.

공중에서 바다로 뛰어드는 고래와 닮은 거대한 괴수, 코끼리를 닮은 거대한 괴수… 아마 리바이어던, 베헤모스라고 줄리오가 불렀던 괴생물체들.

게다가 천사와도 닮은 날개 있는 거인도 있었다.

괴수들은 다 합쳐 수백… 아니, 수천 마리는 될 것이다.

"리오나…. 나에게 남은 힘을 전부 받아 줘."

"슬슬 쉬거라, 신살자."

쿵! 모래사장에 푹 엎드려 있던 렌은 목덜미에 차갑고 단단한 무언가가 내리쳐지는 것을 느끼면서 마침내 의식을 잃었다.

"오오. 이 상황에서도 아직 숨이 붙어 있다니, 역시 끈질기군. 역시 너에게도 신들의 대적에 걸맞은 **최후의 일격**이 필요한 것 같구나."

감탄하는 아테나가 속삭이는 목소리를 들으면서….

"로쿠하라 씨?!"

리오나는 야타가라스가 되어 하늘을 날면서 절규했다.

영조로 변한 목덜미에는 동통이 스쳤다. 로쿠하라 렌과 영적으로 이어져 있기에 알 수 있었다. 눈앞에 펼쳐진 모래사장에서 지금 아테나가 '낫'을 휘두른 것이다.

사신의 그것과도 비슷한 커다란 낫을 주인님의 목덜미에….

하지만 역시 죽여도 죽지 않는 신살자의 육체.

아직 완전히 숨통이 끊어진 상태는 아니었다. 권능《날개의 계약》에 의한 유대도 아직 건재했다. 물론 아테나는 최후의 일격을 가할 셈이지만….

"가만히 둘 줄 아십니까!"

야타가라스로 분한 리오나의 온몸에는 기합과 힘이 넘쳐흘렀다.

기절하기 바로 직전, 주인님은 자신에게 남아 있던 주력을 모두 리오나에게 넘겨주었다. 그 은혜 덕분이었다.

그가 쓰러져 있는 해안을 향해 리오나는 파워를 최대한 끌어내 급강하했다.

…지금 그녀의 주위에는 엄청난 수의 거수 군단이 있었다. 갖가지 색의 드래곤과 천사처럼 생긴 거인들. 대부분이 날개가 달려 하늘을 날 수 있었다.

당연히 리오나, 즉 야타가라스의 비상을 저지하고자 막아섰지만….

"방해돼요! 비키는 편이 신상에 좋을 거예요!"

야타가라스의 전신에 푸른 불꽃을 휘감고 화염을 튀기면서 가속했다.

그 불꽃이 살짝 튀기만 했는데도 바짝 가까이 다가온 괴수들은 새하얗게 타오르며 리오나의 앞에서 물러났다.

방해꾼을 쫓아 버리면서 더더욱 가속하여….

번개와도 같은 속도까지 이른 리오나는 마치 벼락이 떨어지는 것처럼 모래사장에 내려섰다. 야타가라스의 발 세 개가 대지를 힘차게 밟으며 그 뒤로 주인님의 모습을 감춘다.

덧붙여 말하자면 지금의 착지로 아테나를 짓밟아 버릴 생각이었다. 그러나.

"왔구나, 불새."

아테나는 재빨리 점프하여 뒤로 물러나며 야타가라스의 발을 피했다.

불과 한 번 뛰었을 뿐인데 수십 미터나 뒤로 물러났다. 역시 신답게 현실을 초월한 움직임. 리오나의 강림에도 여유로운 표정으로 고개를 끄덕이고 있었다.

아름다운 은발에 십여 마리나 되는 살아 있는 뱀을 액세서리로 달고 있는 아테나.

역시 예사로운 상대가 아니다. 이 상황에서는 먼저 공격하는 것이 상책.

"신화청명! 이곳에 도사리고 있는 온갖 재앙이여, 불의 힘으로 정화…."

리오나는 언령을 읊고자 했다.

그러나 그보다 먼저 아테나가 말했다.

"이미 늦었다. 주인과 함께 너도 여행을 떠나거라. 죽음의 나라로 가는 문은 이미 열려 있다. 죽은 자의 여행길을 걷다가 나의 판도에서 최후의 평안함을 얻도록 해라…."

"뭐라고요…?!"

리오나는 너무 놀라 말문이 막혀 버렸다.

야타가라스의 발이 힘차게 밟은 모래사장에 어느샌가 각인이 생겨나 있었다.

그것은 서툴기 그지없는 선화(線畫)였다. '사람의 얼굴'로 보이는 윤곽과 눈, 코, 그리고 긴 머리 대신 수십 마리의 '뱀'을 그린 것으로….

물론 리오나는 이 각인의 의미를 바로 알 수 있었다.

"뱀 신 고르곤의 그림이군요! 여신 아테나의 원래 모습, 그야말로 지금 당신이 손에 넣은 태고의 지모신으로서 가진 신격!"

"훗. 역시 총명하구나, 불새 아가씨. 그 쓸데없는 지혜와 함께 사라지거라."

야타가라스가 내려섰고, 로쿠하라 렌이 쓰러진 모래사장.

이 일대가 거무칙칙하게 변색되어 늪처럼 푹푹 빠지며 산 자를 삼켜 갔다. 다시 말해, 야타가라스로 변한 리오나와 아직 간신히 숨이 붙어 있는 신살자를.

"목화토금수(木火土金水)의 신령이여, 저를 지켜 주소서!"

리오나가 야타가라스의 부리로 안간힘을 다해 축문을 읊었다.

아테나의 신력을 물리치기 위한 주술. 그러나 전혀 통하지 않았다. 결국 일본이 자랑하는 영조는 주인님과 함께 땅속으로 가라앉았다.

"음. 이제 모든 장애물을 배제했다."

아무도 없는 모래사장에서 아테나는 홀로 만족했다.

신살자의 생령에 이어 로쿠하라 렌도 쓰러뜨렸다. 두 번째이자 결정적인 승리. 이제 여신의 심판을 막을 수 있는 자는 지상에 없다.

“시작하자. 세계를 파괴하고 창조하는… 종말의 대업을.”

그것은 더러워진 지상을 향한 저주이자, 이윽고 탄생할 신세계를 향한 축복이었다.

신역의 캄피오네스

제 3 장 chapter 3

# 파멸된 세계의 바다에서

## 1

"으으으으. 이대로 가다간 나도 로쿠하라 씨도 세계도 1권 마지막에 멤버가 전멸하는 배드엔딩, 전설의 거인 이데온 마지막 회!"

리오나는 어둠 속을 낙하 중이었다.

칠흑 같은 어둠이 끝없이 펼쳐진, 바닥이 전혀 보이지 않는 암흑 공간. 그 아래쪽을 향해 리오나의 몸은 계속해서 떨어지고 있는 참이었다.

야타가라스로 변신했던 것도 이미 풀려서 교복을 입은 여고생의 모습이다.

로쿠하라 렌도 함께 낙하 중이었지만, 목덜미를 '죽음의 여신의 거대한 낫'으로 후벼 파이고, 인과응보의 실패로 인한 '되갚음'까지 당하고 말았다.

의식도 없어 언뜻 보면 시체와 마찬가지였다.

주인님은 이 모양이라 아무런 기대도 할 수 없다.

두 사람의 끝은 리오나에게 달려 있었다. 그러나 지금의 그녀는 무력했다. 날기는커녕 공중에 뜨지도 못하고 끝없는 암흑의 바닥으로 낙하할 뿐이었다.

보아하니 모든 영력과 주술을 봉인당한 듯했다.

"이대로 가다간… 우리가 도착하는 곳은 '나락의 바닥'!"

그것도 비유가 아니라 말 그대로. 나락이란 애초에 범어에서 말하는 '지옥', 산스크리트어의 'naraka'가 어원이다.

아테나에게 진 직후, 정신을 차려 보니 어둠 속을 낙하하고 있었다.

이미 수십 초가 경과한 상태였다. 이 자유낙하가 앞으로 몇 초 계속되어야 종착점에 도달할까…?

"아니면 혹시 나와 로쿠하라 씨는 이미 죽었다거나?!"

아직 나락의 바닥이 아니라는 생각이 막연히 들었지만.

어쩌면 이미 벌써 죽음의 나라, 즉 명계의 한가운데에서 자신과 주인님은 영원히 암흑 공간을 낙하하는 무간지옥을 맛보고 있는 중이 아닐까?

그런 의구심까지 고개를 들었다.

아니, 아니야, 그건 절대 아니야. 아직 만회의 기회는 있어. 아마도! 리오나는 억지로 자신을 타일렀다. 그리고 생각했다.

"어어어어떻게든 해야 해! 어디 보자, 그게, 어라? 아아아아, 대체 어떻게 하면 좋지?!"

정답이 나오지 않아 암흑의 바닥으로 떨어지면서 꼼짝없이 혼란에 사로잡혔다.

인간 세계의 봉황을 맡고 있는 토바 리오나에겐 있어선 안 될 극한 상태. 마침내 그녀의 자랑인 총명함이 기능부전을 일으켰다.

…그러나.

리오나는 실로 행운이었다.

아주 최근에 비슷한, 극한에 몰리는 단련을 받았던 것이다. '스승님' 라취련에게 모든 주술을 봉인당한 채 폭포 아래에서 독경하는 스파르타 교육을 받았던 며칠간. 스승님은 리오나를 보고 있지 않은 듯하면서도 똑똑히 관찰했다.

신살자이기도 한 스승님은 제자에게 '지혜를 버리라'고 했다.

그리고 리오나가 머리를 싹 비우고 독경에 집중하지 않으면 수수께끼의 충격파로 주저 없이 주의를 주었다.

'그 총명함을 버리고, 하늘… 온갖 지혜와 상념으로부터 자유

자재의 경지에 달하도록 하세요.'

'그것이 가능해졌을 때, 당신은 다음 단계로 나아갈 겁니다.'

…………………

……………

…….

죽음의 공포와 혼란, 무력감, 폭포 수행의 기억.

그 모든 것에 사고가 떠내려갔다. 지금 리오나의 머릿속이 새하얘지더니 말이 자연스럽게 입을 타고 나왔다.

"염피관음력(念彼觀音力), 중원실퇴산(衆怨悉退散)."

질리도록 독경했던 법화경의 한 구절을 아주 조용히 읊었다. 의미는 '아무리 두려운 진중에 있을지라도 관음을 염하는 그 힘으로 모든 원수가 흩어지니라'.

그 순간, 리오나의 전신이 빛나기 시작했다.

금빛 영조 야타가라스의 빛이 몸에서 흘러나온 것이다.

빛만이 아니었다. 변신조차 하지 않은 여고생의 모습 그대로 리오나는 야타가라스의 신력을 행사했다.

…나는 불새. 죽음의 나라에 떨어져도 불멸하는 태양의 정령.

그렇게 자부하기만 했는데도 리오나의 몸은 공중에 뜨더니 암흑의 바닥으로 낙하하는 것을 멈추었다. 게다가 염으로 역장을 만들어 내어 의식이 없는 로쿠하라 렌을 감쌌다. 이로써 '주인님'의 몸도 리오나와 함께 뜰 수 있게 되었다.

"…해냈어요."

리오나는 오히려 맥이 빠져 중얼거렸다.

아무 생각도 하지 않고, 온몸의 힘을 빼고, 마음을 비운다. 그 경지에 이른 순간, 살아 있는 자의 몸으로 야타가라스의 신력을 행사해 버린 것이다.

명계로 떨어졌을 때 아테나가 건 주박도 가볍게 무시하고.

"이것이 스승님이 말씀하시던 '다음 단계'…?"

멍하니 중얼거린 후, 리오나는 심호흡했다.

아무튼 구사일생으로 살아났다. …아니. 이 암흑 공간은 명계로 이르는 통로. 얼른 빠져나가지 않으면 서서히 생기를 잃고, 역시 결국은 죽음을 맞이할 것이다.

**왠지 모르게**, 그런 느낌이 들었다.

리오나는 저 멀리 머리 위를 올려다보았다.

지금까지 깨닫지 못했지만, 선혈처럼 빨간 오로라가 하늘을 덮고 있었다. 몹시 소름 끼치고 불길한 색이었다.

아래로 계속 떨어졌으니 바로 위를 향하면 '돌아갈 수 있다'. 이론은 그럴 것이다.

"하지만 아주 불길한 느낌이 들어…."

붉은빛의 장막이 몇 겹이나 포개어져 하늘을 채우고 있었다.

장엄한 풍경이라고도 할 수 있다. 그러나 뭐라 형용할 수 없는 꺼림칙함이 솟구쳤다. 본능적으로 싫은 것이다. 리오나는 다른 방향을 노리기로 했다.

이 또한 하늘의 경지 때문일까….

지금은 아무튼 직감이 이끄는 대로 따라야 한다. 순수하게 그런 생각이 들었다.

그럼 어느 쪽으로 향하면 될까? 평소처럼 식신에겐 의지할 수 없다. 명계의 길 안내를 할 만한 소양을 리오나의 부하들은 가지고 있지 않기 때문이다….

"스텔라."

리오나는 의식이 없는 로쿠하라 렌의 육체를 향해 이름을 불렀다.

"나오세요, 스텔라."

"새 아가씨. 너, 한층 성장한 것 같구나…."

바로 눈앞에 신장 30센티미터의 소녀신이 훅 하고 나타났다.

공중에 뜬 채 웬일로 감탄한 듯한 모습으로 리오나의 얼굴을 똑바로 쳐다보고 있었다.

"쓰러진 렌을 대신해 나까지 불러내다니."

"일심동체인 파트너니까요. 의식이 없는 주인님의 대리 정도는 할 수 있어야지, 안 그러면 이 토바 리오나 님의 체면이 말이 아니라고요. …뭐, 그것도 로쿠하라 씨가 아직 목숨이 겨우 붙어 있기 때문이지만 말이죠."

"그래! 얼른 렌을 치료해, 새 아가씨!"

위기 상황을 떠올렸는지, 난데없이 스텔라가 큰 소리를 쳤다.

"이대로 가다간 다들 끝이란 말이야!"

"그렇게 하고 싶은 마음은 굴뚝같지만, 우선 한길로 쭉 이어진 이곳 황천길에서 탈출하는 게 먼저예요. 황천길에서 아무리 열심히 치료해 봤자 가는 곳은 어차피 지옥이니까요."

리오나는 조급한 표정으로 말하는 스텔라에게 기대의 눈빛을 보냈다.

"여신 아프로디테도 아테나와 마찬가지로 옛 대여신들과 이름을 나란히 하는 신격을 갖고 있잖아요. 지상으로 돌아갈 수 있는 지름길을 얼른 찾아낼 수 없을까요?"

"음…. 바로 위는 안 돼. 저건 아마 다른 명계로 가는 입구일 거야."

"그건 저도 느끼고 있었어요. 다른 데는 없나요?"

"있잖아. 나도 렌과 하나가 되어 많은 힘을 잃었다고. 너무 얼토당토않은 말은 하지 말아 줄래?"

"…진짜예요?"

"그래, 진짜야."

결국 두 여자는 나란히 한숨을 푸욱 내쉬었다.

기대가 헛것으로 돌아가자, 리오나는 투덜투덜 불평했다.

"스텔라를 불러내면 어떻게든 될 것 같았는데… 아. 혹시, 혹시! 《친구의 고리》를 써 보죠, 스텔라!"

한 단계 더 위에 있는 스테이지에 도달한 토바 리오나.

그렇다. 가령 파트너에게 의식이 없다 하더라도 대리로서 그의 권능을 조금이나마 쓰는 것 정도는 가능하다. 그래서 스텔라도 불러낼 수 있었다.

당사자인 미니멈 여신은 리오나의 애원에 눈살을 찌푸렸다.

"너도 말했듯이 여긴 황천로의 한가운데야. 불러 봤자 아무도 안 와…."

"밑져야 본전 아니겠어요? 아무튼 해 보세요."

"할 수 없지. …오너라, 아직 보지 못한 이방의 친구여!"

작은 사랑의 여신은 잔뜩 의욕이 없는 목소리로 언령을 읊었다.

작고 귀여운 허리띠가 장밋빛으로 반짝이더니 잠시 후. 둥실둥실 공중에 뜬 채로 리오나의 앞으로 온 구원자는 리오나가 기대했던 바로 그 인물이었다.

「…날 불렀나, 아가씨들?」

"기다리고 있었어요, 요한 씨!"

"그렇구나! 아저씨, 우리의 부탁을 들어주지 않겠어?! 우리를 지상까지 안내해 줘!"

그는 후드 달린 외투를 걸친 수도승, 단 망령이었다.

바로 신화 세계 휘페르보레아에서 귀환하던 도중에 만난 예언자 요한이다. 공간왜곡 속에서조차 나타났던 다원세계의 여행자.

그라면 황천로에서 빠져나갈 길도 아마….

「내 뒤를 따라오게나.」

예언자는 두 사람의 말을 이해했는지 쾌히 승낙해 주었다.

## 2

예언자 요한의 안내에 따라 암흑 공간을 한동안 표류하게 되었다.

한없이 계속되는 줄 알았던 어둠은 갑작스레 끝나 리오나와 스텔라, 기절한 로쿠하라 렌, 그리고 요한의 망령은….

첨벙! 난데없이 바다에 내던져졌다.

"와아, 짜! 이거, 바닷물 아니에요?!"

"어, 얼른 렌을 바다에서 끌어올려, 새 아가씨! 이대로 있다간 익사한단 말이야!"

리오나는 곧바로 영조 야타가라스로 변신했다.

또다시 날개 길이 20미터 정도의 거구로 재빨리 변신한 리오나는 주인님과 스텔라를 체내에 흡수한 후, 힘차게 날갯짓해서 유난히 파도가 거친 바다에서 먹구름이 잔뜩 낀 흐린 하늘로 날아올랐다.

"이건…?!"

시선 아래에는 물론 바다가 펼쳐져 있었다.

단, 해면이 크게 일렁이는 모습은 그야말로 대해일.

게다가 이 일대는 대도시인 듯, 쭉 세워진 고층의 빌딩군이 몇 번이나 파도에 삼켜지며 씻겨 나갔다.

빌딩 중 하나는 리오나도 본 적이 있는 건물이었다.

"아무리 봐도 엠파이어 스테이트 빌딩, 원 월드 트레이드 센터… 여긴 설마 뉴욕?!"

또다시 큰 파도가 밀어닥쳤다.

높이 500미터를 넘는 빌딩군이 또다시 바닷물에 삼켜졌고, 이번에는 그대로 물이 빠지지 않았다.

지금 뉴욕의 마천루가 완전히 수몰되었다.

리오나는 서쪽으로 보이는 방향을 야타가라스의 눈으로 둘러보곤 아연실색했다.

지평선, 그 선상이 타오르는 홍련의 화염으로 뒤덮여 있었다. 세계의 모든 것을 흔적도 없이 태워 버리기 위해 붙여진 큰불인 것일까?

"물과… 불로 인한 멸망…."

아테나가 몇 번이나 입에 담은 말. 아폴론도 같은 말을 한 듯했다.

또한 리오나는 믿기 힘든 광경을 보고 있었다. 눈에 힘을 주고 집중하면 100리 앞을 내다볼 수 있는 야타가라스의 시야에 들어

온 것은.

홍수에 삼켜진 사람들이, 그 순간 녹기 시작했다.

겁화에 삼켜진 사람들까지도 역시 순식간에 증발되었다.

우선 홍수에 삼켜진 사람들, 그들은 전신이 흐물흐물한 아메바처럼 변하더니 간신히 인간다운 윤곽을 유지한 불규칙한 모양의 존재로 변하는가 싶더니, 그대로 물에 동화되기 시작했다.

그리고 겁화에 삼켜진 이들. 그들은 몸 어딘가에 불이 닿으면 곧바로 증발해 연기와 기체로 변해 버렸다.

물 안에서 발버둥 치며 괴로워하는 것도 아니고, 불꽃의 열기에 고통스러워하는 것도 아니다. 눈 깜짝할 틈도 없을 만큼 순식간에 소멸되고 만 것이다.

이래서야 구조도, 응급처치도 불가능하다…!

리오나는 공포에 떨었다. 불 혹은 물이 눈앞에 들이닥치면 그걸로 끝인 것이다.

그럼 어디라면 무사할까? 아직 멸망의 물불이 닿지 않은 곳은….

리오나는 충동적으로 고도를 올렸다. 회색 하늘을 쭉쭉 달려나갔다. 단, 구름은 어디에도 없었다.

하늘 자체가 진한 회색으로 변해 있었기 때문이다.

태양도 달도 별도 보이지 않는 가운데, 야타가라스로 변한 리오나는 한결같이 상승해 나갔다.

원래라면 우선 오존층을 포함한 성층권의 벽이 있고, 이어서 영하 100도 가까운 저온의 대기가 가로막고, 거기서 더 올라가면 태양의 전자파를 직격으로 받아 엄청난 고온에 달한 대기가 비상체를 괴롭히겠지만.

그런 기온의 변동도 없는 진회색 공간이 펼쳐져 있었다.

세계의 끝은 대기권 내처럼 변해 버린 것이다.

고도 200킬로미터… 300, 400, 500. 야타가라스로 변한 리오나는 계속해서 상승해 나갔다.

이윽고 정찰 위성 등이 점거하고 있는 높이까지 달했다.

리오나는 야타가라스의 눈을 통해 지상으로 시선을 돌렸다. 그야말로 신의 관점에서 자신의 고향인 행성을 내려다보곤 절망했다.

"이게 대체 무슨 일인지…."

리오나는 너무 놀라 말문이 막히는 것 말곤 다른 반응을 보일 수 없었다.

지구의 70퍼센트 정도가 파란색이었다. 단, 육지임을 가리키는 갈색이나 녹색은 보이지 않았다. 해일에 삼켜져 바닷속에 침몰해 버렸을 것이다.

그리고 나머지 30퍼센트 정도는 빨간색이었다.

아직 해수가 도달하지 않은 부근이 타오르고 있었던 것이다.

바닷물을 가리키는 '파란색'이 펼쳐진 가운데, 불의 파멸을 의

미하는 붉은 얼룩이 군데군데 흩어진 채 그 '붉은색'은 조금씩 사라져 갔다.

모든 것이… 지구의 모든 것이 파랄 따름이었다.

「다 이루어졌다. 나는 알파이며 오메가이고, 시작이며 마침이다. 나는 목마른 사람에게 생명의 샘에서 솟는 물을 거저 주겠다. 그러나 비겁한 자들과 불충한 자들, 마술쟁이들과 우상 숭배자들, 그리고 모든 거짓말쟁이들이 차지할 몫은 불과 유황이 타오르는 못뿐이다. 이것이 두 번째 죽음이다… 오, 심판의 때가 마침내 다가왔구나….」

예언자 요한은 그렇게 중얼거렸다.

눈치채진 못했지만 여태껏 줄곧 야타가라스의 얼굴 바로 옆에 둥둥 뜬 채로, 말없이 '세계가 끝나는 광경'을 지켜보고 있었던 것이다.

심판의 때. 그렇다. 묵시록의 예언에 따르면 이것이 최후의 결말은 아닌 것이다.

리오나는 멍하니 생각했다.

하지만 그 이상은 아무것도 생각할 수 없었다.

타성으로 야타가라스의 모습을 유지한 채 그저, 그저 멍하니 멸망한 세계의 전모를 바라보며 대기권 밖을 떠돌고 있었다.

3

"그야말로 절경이군. 나의 대망은 이곳에서 이루어졌노라."

의무를 완수한 자의 미소가 아테나의 입가에 떠올라 있었다.

아테나는 단애절벽 위에 서서 대해원을 둘러보고 있었다. 눈에 보이는 모든 곳은 파란 바닷물로 채워져 있었고, 수평선 끝까지 육지는 전혀 보이지 않았다.

유일한 예외는 이곳, 아테나가 발을 딛고 있는 이 대지뿐.

작은 섬이었다. 하지만 세계에 남겨진 희소한 육지 중 하나였다. 이 바다를 구석구석 탐색해도 작은 섬은 이미 손가락으로 셀 수 있을 정도밖에 발견되지 않을 것이다.

"후후후후, 이토록 기분이 후련한 게 얼마 만이지?"

아테나는 마침내 회심의 미소를 지었다.

문득 시선을 위로 올려보니 뭐라 형용할 수 없을 만큼 우중충한 진회색 하늘이 펼쳐져 있었다. 세계의 끝이 시작된 이후로 계속 이러했다. 슬슬 때가 온 듯하다….

아테나는 속삭였다.

"빛이 있거라. 내가 허락하마."

그 순간, 하늘의 색이 밝아졌다.

우선 일출을 맞이하기 직전의 자줏빛을 띤 푸른색으로 변하더니, 서서히 장밋빛이 섞여 갔다.

푸른색과 장밋빛이 복잡하게 뒤섞인… 새벽의 하늘이었다.

단, 동쪽 수평선에 보이는 태양의 모습이 없었다.

아직 새벽의 광명을 선사할 **단계**가 아니다.

그것은 이윽고 신세계가 개벽하는 단락을 맞이했을 때….

아테나는 만족했다. 하지만 정적이 흘러야 할 세계가 조금 소란스러워졌다. **인간 녀석들**이 변화를 알아챈 것이다.

"하늘이 밝아졌어…."

"아, 신이시여, 감사합니다…."

"참으로 아름다워…."

입을 모아 탄성을 흘리고 있었다.

다들 아주 평범한 인간들이었다.

실은 단애절벽에 선 아테나로부터 조금 떨어진 곳에 7, 80명 정도 되는 인간들이 모여 몸을 웅크리고 있었다. 다 떨어진 너덜너덜한 옷을 입은 것 외엔 아무런 짐도 없이, 잔뜩 지친 얼굴로 생령을 놓은 채….

이 섬은 울퉁불퉁한 사막뿐. 풀과 나무도 전혀 없었다.

몹시 살풍경한 곳에 그들은 여태껏 방치되어 있었던 것이다.

더러워진 지상을 정화하기 위한 해일과 큰불. 그 세례를 받고도 살아남은… 아니, 살아남기를 아테나가 친히 허락한 이들이었다.

남다른 선량함과 경건함을 가진 자만 엄선했다.

인종도, 출신지도, 나이도, 성별도 전부 천차만별. 그러나 모두가 도래하는 신세계에 걸맞은 선남선녀뿐이었다.

단, 유일한 예외가 딱 한 사람 섞여 있었다.

출중한 두뇌와 차분함 탓에 경건한 선인(善人) 축에 끼지 못하는 청년, 줄리오 브란델리였다.

몸에 걸친 재킷은 완전히 넝마가 된 상태였고, 그 또한 피로에 찌들어 있었다.

그래도 줄리오 브란델리는 귀공자의 기품과 강렬한 안광을 굳건히 유지한 채 바위 밭에 앉아 있었다.

"약간이긴 하지만, 세계에 빛이 돌아왔구나. …역시."

"줄리오 님."

옆에 앉아 있던 카산드라가 말을 걸었다.

"얼마 전 말씀하신 줄리오 님의 예상대로 흘러간 게 맞죠?"

"응. …북유럽 신화의 라그나로크. 신약성서의 묵시록. 구약성서로 분류되는 종말 전승. 그 대부분이 세계의 붕괴만으로는 완결되지 않아. 어떤 의미로는 멸망한 후가 진짜… **신세계의 창조**가 시작되는 거지."

줄리오는 목소리를 죽인 채 빠른 어조로 말했다.

"온통 바다가 된 세계가 완전히 빛을 되찾은 후에. 아마 육지도 조금씩 늘어날 거야. 이윽고 풀과 나무, 동물들도…."

"그러고 보니 휘페르보레아의 바다에서도 같은 일이 일어났어요!"

카산드라가 화들짝 놀라 말했다.

"희생의 짐승이 바다에서 죽어 대지를 낳았어요!"

"내 예상이 맞다면 이곳에서도 같은 계통의 초자연현상이 일어날 거야. 얼마 안 되긴 하지만 인류를 살려 두는 이유는 신세계를 구축하기 위해. 그렇게밖에 생각이 안 되거든. 단, '낳고 늘려 가기'엔 이 숫자로는 조금 불안하단 말이지…."

함께 있는 생존자는 100명도 채 되지 않았다.

그 점이 마음에 걸렸던 줄리오는 중얼거리며 머리를 굴리기 시작했다.

"아테나는 종의 보존이 가능하다면 인류의 생존자 따윈 소수로도 충분하다고 생각한 건가? 지모신의 축복을 내리면 나중에 어떻게든 숫자를 늘릴 수 있으니까? 아니면 묵시록 전승처럼 '사멸한 인류의 심판과 부활'이라는 단계가 있는 건가…? 이곳에 모인 그룹은 그저 눈에 띈 녀석들을 보호했을 뿐…."

남에게 들리게 할 생각 따윈 전혀 없는 완전한 혼잣말.

이렇게 중얼거리면서 생각에 잠겨 있었다. 줄리오의 평소 버릇이다. 하지만 절망밖에 없는 극한의 상황 속에서….

중얼거리던 줄리오는 난데없이 입을 다물었다.

"줄리오 님?"

"아니. 앞으로 어떻게 되든 고찰할 의미는 없을 것 같아서."

역시 그도 정신적으로 매우 소모가 심한 상태였다.

여태껏 안간힘을 다해 자신을 굳게 지키려 해 왔지만, 슬슬 한계가 다가왔다. 그래서 이런 말이 입을 타고 나왔다.

"렌과 리오나도 아마 전사했을 테고…."

사실 줄리오와 카산드라는 줄곧 의식을 잃은 상태였다.

이 살풍경한 섬에서 눈을 뜬 지 아직 하루 정도밖에 되지 않았다. 정신을 차려 보니 세계 멸망으로 인해 완전히 초췌해진 사람들 속에서 잠들어 있었던 것이다.

원래라면 그 사이 끝난 대결에 대해 정보 수집을 해야만 했을 것이다. 아테나와 로쿠하라 렌의 싸움이 어떠한 결말을 맞이했는지.

조금 전에 싸움의 당사자인 여신이 섬에 훌쩍 나타났다.

지금도 떨어진 곳에서 초연하게 서 있다. 심상치 않은 신기에 압도되어 가엾은 인간들은 멀리 떨어져서 여신을 몰래 훔쳐보고 있을 뿐.

그러나 상위 마술사인 줄리오와 신화의 왕족 카산드라는.

마음만 먹으면 얼마든지 아테나에게 말을 걸 수 있었다. 그러지 못한 이유는 좀처럼 씻어 내기 힘든 공포가 있었기 때문이다.

여신의 입에서 로쿠하라 렌의 죽음을 듣게 될까 봐….

그 공포가 줄리오의 마음을 조금씩 좀먹었고, 카산드라 또한 비통함을 곱씹고 눈물을 머금으면서 고개를 숙인 채….

"아."

느닷없이 카산드라가 고개를 들었다. 그러더니 떨리는 목소리로 말했다.

"줄리오 님. …아직 희망이 남아 있어요."

"무슨 말을 하는 거야? 위로 같은 건 됐어. 그런 헛소리, 말하면서도 바보 같단 생각 안 들어?!"

카산드라의 말에 화가 울컥 치밀어 오른 줄리오는 그만 큰 소리를 내고 말았다.

그러나 그는 곧바로 깨달았다. 늘 침착하고 냉정하며 총명한 마도의 달인. 그렇기 때문에 재빨리 정신을 차리고는 떠올린 것이다.

트로이 왕녀에게 걸린 저주….

아무리 예언을 해도 아무도 그 말을 믿어 주지 않는다.

지금 줄리오의 마음속에 끓어오른 짜증과 불신은 그야말로 그것이었다. 한편, 카산드라 왕녀는 친구의 질책에도 동요하지 않고 살포시 미소를 짓고 있었다.

"죄송해요. 렌 님과 리오나 님이 어떤 운명을 맞이했는지는 저도 알 수 없지만, 어떠한 정경… 남겨진 희망의 행방을 제 눈으로 똑똑히 봤어요."

"…알았어. 그러니까 더 이상 말하지 마."

줄리오는 몹시 괴로운 표정으로 호소했다.

"머리로는 너를 칭찬하고 싶은데, 마음이 그걸 거부하고 있어. 이렇게 앞뒤가 맞지 않는 감정은 마치 고문 같아. 조금 진정할 시간을 줘."

"어머나."

이론과 이성에 집착하는 천재를 흐뭇하게 바라본 후.

카산드라는 대여신이 있는 쪽으로 과감하게 발걸음을 내딛었다. 예지 덕분에 아테나와 마주 볼 용기를 마침내 쥐어 짜낸 것이다.

사랑하는 신살자에 대해 어떻게 해서든 캐물어 보겠노라. 그러나.

줄곧 바다를 바라보던 아테나가 갑자기 인간들 쪽으로 그 미모를 휙 돌리더니, 그들을 향해 차가운 시선을 던졌다.

그 직후….

인간들은 한 명도 빠짐없이 아무 말 없는 석상으로 변했다.

여신이 쳐다봤을 때 취하고 있던 그 자세 그대로, 그들의 전신은 차가운 돌로 변해 경직되어 버린 것이다.

뱀 여신으로 변한 아테나의 눈은 고르곤 메두사의 사안(邪眼)과 똑같았다.

그저 보기만 할 뿐인데 만물을 돌로 바꿔 버린다. 100명도 채 되지 않는 인간들 따윈 손쉽게 '일시적인 죽음'으로 내몰 수 있었다.

물론 줄리오와 카산드라도 예외는 아니었다.

“창세의 새벽을 앞에 두고 신명이 났구나…. 소란스럽긴. 너희가 나설 차례는 이제 곧 올 것이다. 그때까지 잠을 자 두도록 하거라.”

아테나가 아무렇지도 않은 듯이 말했다.

이 세계의 끝에 울부짖는 단계를 지나고 계속 의기소침했던 인간들.

그러나 하늘이 밝아지기 시작하자 속닥속닥 대화하는 말소리가 여기저기서 들리기 시작했다. 줄리오와 카산드라처럼.

그들을 침묵하게 만들기 위해 또다시 변덕스럽게 고르곤의 사시를 던진 것이다.

단….

여신의 말은 돌이 된 인간들에게는 닿지 않았다. 눈으로 보고 귀로 듣기는커녕 사고조차 불가능한 석상일 뿐이었다.

상위 마술사인 줄리오조차 그러했다.

그러나 딱 하나, 신의 핏줄인 트로이 왕녀만은 유예가 있었다.

‘안 돼…. 이대로 있으면 또 잠들고 말 거야….’

손가락 하나 까딱하지 못하는 아름다운 석상으로 변해 버린 카산드라. 그야말로 아테나에게 다가가려던 모습 그대로 몸이 굳었다.

점차 의식이 멀어지고, 시야도 어두워졌다.

그래도 어떻게든 마음을 강하게 먹고 돌의 주박에 사로잡히지 않으려 했다. 한편, 그런 트로이 왕녀의 분투 따윈 모른 채 아테나는 중얼거렸다.

"어디 보자…. 지상의 정화라는 큰일을 완수해 나도 힘을 많이 소모했구나. 잠시 휴식을 취해야겠군. 신에게도 잠이 필요할 때가 있다. 죽어야 하는 인간의 자식들이여, 내가 눈을 뜰 때까지 얌전히 기다리도록 하거라."

물론 석상으로 변한 인간들은 아무런 대답도 할 수 없었다.

입은커녕 귀와 눈도 닫혀 있다. 그러나 원래 아테나는 그들과의 대화 따윈 기대도 하고 있지 않았을 것이다.

이것은 어디까지나 자신의 생각을 가축 무리에 전하는 것과 다름이 없다.

홀로 뛰어난 자질을 갖고 있는 카산드라마저 이미 한계였다. 참을 수 없는 수마에 굴하기 직전이었다.

그러나 그 전에 적어도….

'렌 님! 부디 무사하시길 기도할게요!'

희미해져 가는 의식 속에서 사랑하는 신살자의 생존을 진심으로 바라고 또 바랐다.

4

야타가라스가 된 리오나는 지구 전체를 머나먼 곳에서 내려다보고 있었다.

문자 그대로 '구체'인 태양계 제3혹성. 원래라면 낮의 면과 밤의 면이 공존해야 했다.

하지만 지금, 지구 전역이 한밤처럼 어두웠다.

1억 5천만 킬로미터 건너편에 태양은 존재하지만, 그 빛이 닿지 않는 것이다.

지금의 지구는 이미 상식과 물리 법칙이 통용되지 않는 영역일 것이다.

그래도 태양의 정령인 야타가라스의 눈은 어둠 따윈 아무런 문제도 되지 않았다.

파란 혹성의 주위를 몇 번이나 빙글빙글 돌며 하계의 상황을 둘러본 후, 몹시 낙담하고 말았다.

홀로 고공을 배회하면서 리오나는 탄식했다.

인공위성에서 촬영한 '칠흑 같은 우주에 떠 있는 파란 구체', 지금 그녀는 그야말로 그것과 똑같은 것을 육안으로 내려다보고 있었다. 그러나.

"아무리 가도 온통 바다뿐. 그나마 육지 같은 걸로 보이는 건 북극해의 해빙(海氷)과 남극 대륙 정도밖에 없구나…."

바다를 가리키는 검푸른 색깔만이 한없이 펼쳐져 있었다.

그러나 남북의 극점 근처만은 육빙(陸氷)과 해빙을 가리키는 하얀 부분이 있었다. 단, 리오나가 예전에 위성사진으로 봤던 것보다 면적은 훨씬 작아진 상태였다….

이윽고 파란 구체 위에 변화가 일어났다.

혹성 전체가 어렴풋이 밝아진 것이다.

이곳저곳에 하얀 소용돌이, 다시 말해 구름이 하나둘씩 생겨나고 있었다.

지상에 무슨 변화가 일어났는지도 모른다. 야타가라스로 변신한 리오나는 고도를 쭉 내렸다.

…대기권 안으로 돌아가자, 기묘한 색을 띤 하늘과 마주했다.

푸른색과 장밋빛이 뒤섞인 새벽 하늘이 끝없이 펼쳐져 있었다.

하지만 동쪽 하늘에 보여야 할 서광은 아무리 날아도 확인할 수 없었다. 태양의 둥근 테가 눈곱만큼도 보이지 않았다.

"아직 첫 일출은 기다려야 하겠구나…."

리오나는 하얀 구름의 바다를 돌파하면서 하강했다.

역시 지쳤다. 어딘가 쉴 수 있는 곳을 찾아야 한다. 하지만 바다뿐인 지상에 육지는 거의 없었다.

…꽤나 긴 거리를 날아다니던 리오나는 가까스로 작은 섬을 발견했다.

"로쿠하라 씨, 정말로 죽은 것 같아요…."

"안 그래도 상처가 깊은데, 치료가 꽤나 늦어 버렸어. 솔직히 또다시 눈을 뜰지는 미지수야…."

"스, 스텔라? 평소와 반응이 전혀 다르잖아요?!"

스텔라의 초연한 중얼거림에 리오나는 당황해 버렸다.

이제 유일한 동료가 된 소녀신과 함께 하늘을 보고 누운 로쿠하라 렌 옆에 있었다. 사방천지가 바위 밭인 쓸쓸한 작은 섬이다.

일단 바다 옆에는 좁지만 모래사장이 있었다.

그곳에 내려서자마자 리오나는 인간의 모습으로 돌아와 주인님과 스텔라를 밖으로 내보냈다.

트로이에서도 사용한 쾌유의 영부를 꺼내자마자 입에 문 다음, 주저 없이 입에서 입으로 영검을 로쿠하라 렌의 몸 안에 쏟아부었다.

항상 시끄러운 스텔라도 엄숙한 표정으로 지켜보고 있었다.

기다리기를 잠시. 신살자 청년이 입은 외상… 즉 낫에 파인 목은 그럭저럭 아물었고, 화상과 찰과상은 깨끗하게 치유되었다.

그러나 로쿠하라 렌은 전혀 눈뜰 기미가 없었다.

또한 호흡도 심장 박동도 멈춘 상태였다. 감긴 두 눈의 눈꺼풀을 비집어 열어 동공이 확장된 것을 확인했다. 시체나 마찬가지다.

그래도 스텔라가 건재하다면 생명의 불씨가 아직 남아 있다고 기대할 수 있으련만….

"실은 새 아가씨. 나도 슬슬 한계가 온 것 같아…."

"그, 그런 말은 진지하게 하지 마세요. 그러면 저는 붕괴된 세계에서 외톨이가 된단 말이에요!"

리오나는 좀처럼 들을 수 없는 우는소리를 늘어놓았다.

스텔라는 그런 그녀를 놀리지도 않고 야윈 얼굴로 희미하게 미소를 지으며, 용기를 북돋아 주듯이 고개를 끄덕이며 말했다.

"뭐, 앞으로 어떻게 되든 정신 바짝 차려…. 일단 한 명 정도라면 조력자로 와 줄 만한 이가 있으니까, 이별 선물 대신 불러 볼게…."

"스텔라?!"

"오너라, 여신의 친구여. 키프로스 여왕과의 동맹에 지금 바로 대답해 주거라…."

스텔라는 지친 목소리로 영창했다. 허리띠가 장밋빛으로 빛나고 있었다.

그러나 그것도 잠시. 신장 30센티미터밖에 되지 않는 작은 여신의 그 귀여운 모습이 흐릿해지더니 곧바로 사라지고 말았다.

미와 사랑의 여신 아프로디테, 로쿠하라 렌과 하나가 된 파트너.

그녀의 소멸을 눈앞에서 본 리오나는 너무 놀란 나머지 그만 말문이 막혀 버렸다.

"이럴 수가…."

"오오. 무사했구나, 불새의 마녀여."

"?!"

목소리가 들리자, 리오나는 황급히 돌아보았다.

씩씩한 목소리와 미모의 주인. 체인메일과 둥근 방패, 장창으로 무장한 채 백마에 걸터앉은 기사의 모습은 리오나도 알고 있는 사람이었다.

"여왕님! 당신도 건재하셨군요?!"

줄리오의 수호 기사 《하얀 여왕》.

그녀와의 재회에 리오나는 눈을 반짝였다. 그러나 말을 탄 여왕은 고통스러운 표정으로 쓴웃음을 짓더니, 초췌한 모습으로 한숨을 쉬었다.

"글쎄? 이걸 건재하다고 할 수 있을지는 모르겠구나…. 세계가 멸망해 가는 와중에 천 마리의 용들과 싸움을 펼치다가 밀어닥친 큰불과 홍수를 피해 계속 도망 다녔다."

"고생이 많으셨네요…."

"그래. 차라리 백 번 싸우는 게 덜 피곤하겠구나…."

그 옷차림과 마찬가지로 여왕의 투구는 하얗게 칠해져 있었다.

하지만 그 투구가 먼지로 인해 지저분해져 회색이 되어 있었다. 여왕은 그 투구를 벗더니,

“너와 로쿠하라 렌이 앞으로 어떻게 할 생각인지는 몰라도 난 이미 극심하게 소모된 상태이다. 남은 힘을 온존하기 위해 모습을 바꾸도록 하마. 진정으로 필요한 때가 오기 전까지 절대 깨워선 아니 된다. 알겠느냐?”

“네?!”

놀라는 리오나의 눈앞에서….

하얀 여기사와 백마의 모습이 홀연히 사라졌다. 그 대신, 장창한 자루가 땅에 나뒹굴고 있었다. 그 창의 날은 여기저기 망가지고, 상처투성이였다.

“여왕님! 여왕님! 당신까지 저를 두고 가실 셈인가요?!”

리오나는 살짝 울먹이면서 강철로 된 창을 주워 들었다.

대답은 없었다. 《하얀 여왕》의 변신체는 아무런 응답도 하지 않았다. 의지가 있는 마법의 무기처럼 대화해 줄지도 모른다고 기대했는데….

또다시 리오나는 혼자가 되었다.

곁에 있는 사람은 아무 힘도 없이 반듯하게 하늘을 보고 누운 로쿠하라 렌뿐.

남들 눈에는 아무리 봐도 시체나 마찬가지이고 손으로 만져봐도 시체로밖에 생각되지 않는 데다, 소녀신 스텔라도 사라졌으니 역시….

「여어, 아가씨.」

“맞아, 그렇지! 나에겐 아직 요한 씨가 있었어!”

요한의 목소리를 들은 리오나는 환희했다.

대기권 밖으로 나갔을 때도 예언자 요한의 영혼은 그녀를 따라왔던 것이다. 물론 우연히 만난 ‘친절한 망령’에 지나지 않을뿐더러, 별 인연도 없는 상대였다. 하지만 어느덧 고독과 절망에 빠져 있던 리오나는 만면에 미소를 지으며 그를 향해 고개를 돌렸다.

“같이 이 위기를 넘겨 보도록 해요! 저에게 해 주실 조언 같은 게 있을까요?!”

「아니… 나도 슬슬 한계가 온 것 같아. 세계의 종말을 전부 지켜보고자 아가씨와 함께 돌아다녔더니 예상외로 지쳐 버렸지 뭐야….」

“으아. 요한 씨까지 그 패턴이에요?!”

후드가 달린 외투를 입은 순례 수도승 같은 차림의 예언자 요한.

그는 다정한 노인의 얼굴로 미소를 짓더니 온화하게 말했다.

「하지만 적어도 그대의 바람을 들어줘야겠지? …여신이 가진 《그릇》을 조심하도록 해. 그리고 빛나는 검을 찾도록….」

“방금 한 말 취소할게요! 조언보다 저와 함께 있어 주세요!”

「작별의 때가 왔구나, 선택받은 자여….」

그리하여 예언자의 망령도 사라졌다.

리오나는 어깨를 추욱 늘어뜨리고는, 땅바닥에 철퍼덕 주저앉았다.

그런 다음, 멍하니 하늘을 올려다보았다. 푸른색과 장밋빛이 뒤섞여 있고, 구름은 아침 해를 받은 것처럼 황금색으로 빛나고 있었다. 그야말로 새벽 하늘이었다.

하지만 태양이 뜰 기미는 전혀 보이지 않았다.

"이래서야 인류 보완 계획이 발동한 세계나 다름없어… 아, 그렇지."

리오나는 고개를 떨구면서 다시 울적하게 생각했다.

"요한 씨의 말대로 '심판'의 때가 온다면 세계의 끝은 **앞으로가 진짜**일 거야. 천지의 모양새가 어떻게 변화해 나갈지. 고작 이만큼 진정됐다고 해서 낙관할 수는 없겠구나."

그러고 나서 또다시 잠든 청년을 쳐다보았다.

입술을 만져도 숨결이 느껴지지 않았다. 손목을 잡아도 맥박을 확인할 수 없었다. 신살자 로쿠하라 렌은 아무리 생각해도 죽어 있었다.

그렇다. 이제 그렇게 단정할 타이밍이다.

그는 틀림없이 숨을 거두었다. 하지만, 그래도, 그렇기 때문에.

"누가 죽였다고 해서 순순히 죽는 사람은… 신살자 자격이 없어요. 적어도 제가 살아 있는 동안에는 세기의 대마왕으로 군림하셔야 한다고요!"

그렇게나 종잡을 수 없던 청년도 지금은 허무하게 누워 있을 뿐.

이렇게 된 이상, 자신의 모든 것을 걸고서라도 마왕을 부활시켜야 한다. 결의와 함께 리오나는 교복 블레이저를 벗기 시작했다.

실오라기 하나 걸치지 않은 모습이 된 후에는 그의 옷을 벗겼다.

우선 바지만 남긴 채 로쿠하라 렌의 상반신은 알몸이 되고 말았다. 말랐지만 근육질인 몸이 훤히 드러났다.

리오나는 그의 위에 자신을 몸을 포갠 후, 입맞춤을 하여 그의 입술을 틀어막았다.

마왕 부활의 의식이 시작된 순간이었다.

"저승에서 죽은 자를 불러내는 의식 《반혼》. 아베노 세이메이가 할 수 있는데, 이 토바 리오나는 못 할 리가 없지."

완전히 식어 버린 주인의 입술에서 입을 뗀 후, 리오나는 나지막이 속삭였다.

아직 로쿠하라 렌이 신살자인지 몰랐던 무렵.

혼수상태에 빠진 그를 앞에 두곤 리오나는 죽었다고 지레짐작했다. 치료를 포기하면서 생각한 것이다. 아무리 자신이 대음양사라 해도 《반혼주술》만은 써선 안 된다고. 사람의 몸에는 허락되지 않는 금지된 주술이기 때문이다.

하지만 지금, 리오나는 스스로 그 금기를 깨려고 했다.

"신도 죽이는 사람의 파트너가 그 정도의 금기에 겁먹고 있을 순 없어!"

입에서 입으로 주술을 불어넣고자 리오나는 또다시 키스했다.

죽은 사람과의 입맞춤. 차가운 입술의 감촉은 생각했던 것보다 나쁘지 않았다.

"영혼의 세계에 계신 위대한 신에게 비나이니, 가엾게 여기어 주소서. 축복을 내려 주소서…. 행혼기혼(幸魂奇魂)에게 비나이니, 지켜 주소서. 구해 주소서…."

주구를 읊은 다음, 숨을 쉬기 위해 입술을 떼었다.

하지만 곧바로 입맞춤을 하곤, 잘 다듬어진 음양사의 금지된 주문을 신살자의 몸 안에 불어넣었다. 이것을 되풀이하며 몇 번이나 그와 키스를 했다.

"돌아와요, 로쿠하라 렌!"

리오나는 그의 권속으로서 헌신하면서 여왕처럼 그에게 명령했다.

5

…난 아마 죽었겠지?

로쿠하라 렌은 느긋하게 그런 생각을 하면서 걷고 있었다.

아름답고 푸른 들판, 그곳을 흐르는 작은 시내를 향해. 폭은 그다지 크지 않았다. 바닥에 깔린 자갈이 또렷하게 보일 만큼 물도 맑고 깨끗했다.

단, 이렇게 예쁜 강의 건너편은 깜깜했다.

아무것도 존재하지 않고 그저 어둠만이 작은 시내 건너편에 펼쳐져 있었다.

이 어둠이 묘하게 불그스름한 점이 또 불길함을 더했다.

그곳에 발을 들이는 순간 끝… 렌은 그것을 어렴풋이 이해하고 있었다. 그런데도 발이 멋대로 앞으로 나아갔다.

“드디어 저세상으로 여행을 떠날 때구나. 생각해 보면 참 짧은 인생이었어.”

남 일처럼 말하면서 마침내 강가까지 왔다.

또한 이유는 모르겠지만 어째선지 옷이 사라져 있었다. 상반신은 나체에 바지만 입고 있다. 신발도 없이 맨발이었다.

“뭐, 삼도천인가 하는 곳을 건넌다고 하니 아마 그런 거겠지.”

자신의 모습에 위화감을 느끼기는커녕 렌은 달관한 상태였다. 발은 여전히 멋대로 움직이더니… 첨벙.

렌의 오른발이 물소리를 내며 강 속으로 들어갔다.

발바닥이 자갈을 밟는 감촉이 느껴졌다. 강물은 몹시 따뜻했다. 렌이 아늑함마저 느낀 그때.

“안 돼요, 렌 님!”

"너도 왔구나, 카산드라."

갑작스럽게 트로이 왕녀가 반짝 나타나더니 뒤에서 끌어안았다.

그녀는 열심히 힘을 쥐어 짜내어 렌을 작은 시내에서 끌어내려고 했다. 하지만 렌의 몸은 조금도 뒤로 물러나지 않았다. 물러나긴커녕 두 발, 세 발 앞으로 나아가더니….

첨벙, 첨벙, 첨벙.

순조롭게 강바닥을 밟으며 건너편에 있는 물가를 향해 걸어갔다.

"지금은 버티셔야 해요! 렌 님, 부디 멈춰 서 주세요!"

뒤에서 렌의 양쪽 겨드랑이 사이로 팔을 넣어 그를 꽉 붙잡고 있던 카산드라.

이미 몇 번이나 애무했던 적이 있는 풍만한 가슴의 감촉이 등에 전해져 왔다. 그런 그녀를 짊어지는 모양새로 렌은 앞으로 나아갔다.

다만 목소리에 다정함을 한껏 담아 등 뒤에 있는 연인에게 말했다.

"넌 안 돼, 카산드라. 이 강을 건너면 너도 죽어."

"네, 렌 님의 말씀이 맞아요! 이건 지하 세계를 흐르는 스틱스 강이에요. 제발 부탁이에요, 렌 님. 지상으로 돌아가 주세요!"

카산드라는 목소리에 더더욱 힘을 실어 외쳤다.

"게다가 저는 예지를 얻었어요! 제우스의 딸이 잠깐의 휴식을 취하는 땅이야말로 남겨진 희망이라는 걸!"

"남겨진 희망. 영화 제목 같아서 좋네. 하지만."

렌은 힘 빠진 목소리로 즉답했다.

"난 틀렸어…. 이제 끝인 것 같아."

"저를 두고 혼자 가실 셈인가요?!"

"데려갈 수 있다면 당연히 영원히 함께 있고 싶어. 하지만 그러면 카산드라까지 저승에 가야 해."

"렌 님."

울먹이는 목소리로 이름을 부른 카산드라가 이번에는 렌 앞을 가로막았다.

신기하게도 신의 피를 이어받은 공주는 공중에 떠 있었다. 마치 예언자 요한의 망령처럼.

렌은 겨우 발걸음을 멈추었다.

카산드라를 향한 마음으로 가슴이 벅차올라 자연스럽게 발이 멈춰 버린 것이다.

그러나 물가로 돌아가자는 마음은 들지 않았다. 이렇게나 그녀가 소중하고 사랑스러워서 미칠 것만 같은데.

렌은 눈물이 흐르는 카산드라의 뺨에 키스를 하고는 귓가에 속삭였다.

"울지 마. 반드시 널 살리겠다고 한 아테나의 맹세를 헛되게 만들어선 안 돼."

"저, 렌 님 없이 살 수 없어요!"

"그런 말은 하지 않았으면 해. 날 좋아한다면 더더욱."

"렌 님… 아."

이번에는 입술로 카산드라의 말을 가로막더니 미소를 지었다.

"자, 어서 가. 줄리오도 잘 돌봐줘. 그 녀석, 똑똑해 보여도 꽤 손이 많이 가거든."

"시, 싫어요! 렌 님과 함께… 어?"

"응?"

렌과 카산드라는 난데없이 뒤로 끌려갔다.

눈에는 보이지 않는 염력 같은 것이 끌고 가는 듯한 느낌. 강에서 발이 쑥 빠져 물가에 던져진 듯한 이 느낌….

정신을 차려 보니 렌의 몸은 강가에 내던져져 있었다. 게다가.

"아앗, 렌 님!"

처음에 나타났을 때와 마찬가지로 카산드라가 느닷없이 사라지고 말았다.

렌은 영문을 몰라 당황할 따름이었다.

"뭐가 어떻게 된 거지…?"

하늘이 붉은빛이었다. 아마 해 질 녘일 것이다.

지금 로쿠하라 렌은 물가에 난 풀 위에서 하늘을 올려다보는 자세로 누워 있었다. 그 바로 위에, 게다가 허리 위에 난데없이 소녀가 나타났다. 이번에는 카산드라가 아니라….

"어? 리오나?"

"네, 저예요, 주인님. 카산드라 왕녀님에 대한 미련이 저승행을 늦춰 준 것 같네요. 덕분에 늦지 않게 달려왔어요."

리오나는 렌의 허리에 올라탄 자세로 나타났다.

놀랍게도 알몸, 실오라기 하나 걸치지 않은 모습으로. 그렇기에 리오나의 몸매가 얼마나 늘씬한지 잘 알 수 있었다.

하얗고 부드러운 피부는 젊음으로 빛났고, 탱탱한 데다 군살 하나 없었다. 가슴은 아담하지만 나름대로 봉긋했다.

아름다운 구릉 같았다. 선단에 흩날리는 벚꽃색 유두 또한 웬만해선 볼 수 없을 정도로 가련했다.

배와 배꼽 언저리의 잘록한 라인은 몹시 관능적인 데다, 그 가냘픔이 위태로운 소녀미를 연상시켜 아련한 배덕함이 감돌기까지 했다. 배꼽 아래 부분도 어린 풀을 떠올리게 할 만큼 체모가 옅었기 때문에 더더욱.

새로 변신하면 풍성한 깃털에 감싸이는 리오나. 하지만 체모는 꽤나 옅은 것 같았다.

이렇게나 아름다운 소녀가 이 세상에 태어난 그대로의 모습으로 로쿠하라 렌의 허리 위에 올라탄 채, 여왕처럼 오만한 눈빛으로 렌의 얼굴을 똑바로 내려다보고 있었던 것이다.

"저항하셔도 소용없어요."

리오나는 미소를 지으며 거만하게 말했다.

"로쿠하라 씨는 지금 저의 주술 안에 있어요. 《반혼주술》을 걸었으니 힘으로 어떻게 해 보려고 하셔도 불가능해요."

"정말이네."

렌의 허리에서부터 아래쪽이 꿈쩍도 하지 않았다.

이래서야 마운트 포지션에서 벗어날 수조차 없다. 하지만 그녀는 무엇을 위해 이런 짓을 시작했을까?

의아하게 생각하고 있으려니, 리오나가 갑자기 렌의 오른손을 잡았다.

"어떠세요, 로쿠하라 씨?"

"리오나의 몸, 따뜻해."

렌의 오른손을 유도한 곳은 그녀의 배였다.

따뜻한 감촉이 손바닥에 전해져 왔다. 아니, 리오나의 무릎과 가는 허벅지 안쪽이 렌의 옆구리를 좌우로 붙들고 있었기 때문에 그 언저리도 사람의 온기로 따뜻했다.

어째선지 지금 렌은 바지 말고 다른 옷을 입지 않은 상태였다.

리오나는 죽어 가는 로쿠하라 렌에게 온기를 나눠 주면서 거만하게 말했다.

"저승이니 명계이니 하는 곳은 춥기만 한 겨울의 세계예요. 지금이라면 아직 생명의 온기가 있는 현세로 돌아갈 수 있을지도 몰라요. 그러니까! 근성을 쥐어짜 제가 있는 곳으로 돌아오세요,

로쿠하라 렌!"

"으~음. 하지만."

"반응이 왜 그래요?!"

"아니…. 여태껏 세계의 멸망을 막기 위해 열심히 싸워 왔지만, 이제 멸망해 버린 것 같고. 카산드라와 줄리오도 반드시 지켜 주겠다고 아테나가 맹세했으니 난 더 이상 열심히 싸울 필요가 없을 것 같다는 생각이 들어서…."

"그런 생각 하지 마세요! 아직 지상에는 제가 있단 말이에요!"

"그럼 너도 아테나가 있는 곳으로 가. 카산드라와 줄리오, 두 사람과 함께 여신님의 가호를 받도록 해."

"웃기는 소리 하지 마세요!"

렌의 위에 걸터앉은 채 리오나는 말했다.

"저, 『유리가면』 마지막 회를 읽을 때까지 절대 죽을 생각 없어요! 그러니까 지구 문명을 붕괴시킬 순 없어요! 비상시엔 작가님을 다시 살릴 생각으로 《반혼주술》도 몰래 예습해서 언제든지 쓸 수 있도록 준비해 왔단 말이에요!"

"그걸 막판에 나한테 쓴 거구나."

렌은 감탄을 자아냈다.

"인생이란 뭐가 도움이 될지 모르는구나…."

"단, 음양사인 저에게도 《반혼주술》은 정말 어려운 주술이기 때문에 죽이 되든 밥이 되든 일단 승패는 운수소관으로 여기고 임하는 엄청난 의식이에요. 로쿠하라 씨가 살려고 하는 의지도 크게 영향을 끼치고요."

"그럼 난 이제 됐어. 여기서 기권할래…."

"아니, 왜 그렇게 깔끔하게 포기를 못 해요!"

"반대지, 반대. 이건 '깔끔하게 포기'한 거지. …아니, 애초에 이미 죽었으니 포기고 뭐고 그걸 따져 봤자 무슨 의미가 있어?"

"게다가 쓸데없는 말이 많네요. …좋아요. 그럼 특별히 제안할게요."

알몸의 리오나가 득의양양한 얼굴로 말했다.

"이따금 이렇게 '상'을 드려도 상관없어요. 그러니까 저와 함께 세계 붕괴 후의 지구에서 힘을 합쳐 모두를 구해 내도록 해요!"

"상?"

"네. 이렇게 알몸을 보여 주거나, 키스를 해 드리거나…."

"리오나."

렌은 저도 모르게 진지한 얼굴로, 자신 위에 걸터앉은 거만한 여왕님에게 호소했다.

"까놓고 말해 그 정도로 '열심히 싸워야지!' 하는 결심이 설 만큼 난 여자애들과 인연이 없는 인생은 아니었기 때문에, 좋고 말고를 떠나 딱히 아무 감정도 들지 않아."

"네?"

eXtreme novel

『신역의 캄피오네스』 5권 수량 한정 특별부록

SHINIKI NO CAMPIONESS



Illustration : BUNBUN

NOT FOR SALE

"내 입으로 말하는 것도 그렇지만 난 그 방면으론 제법 자력으로 조달이 가능했거든."

"아아악, 그러고 보니!"

렌이 냉정하게 받아치자, 리오나는 머리를 움켜쥐었다.

"주인공 포지션에 있어선 안 되는 경박한 남자였죠, 로쿠하라 씨는!"

"하하하, 맞아, 맞아."

"하, 하지만 저도 제 입으로 말하기는 그렇지만, 제가 또 한가닥 하는 미소녀잖아요? 그런 미소녀와 좋은 걸 한번 하고 싶단 생각 안 드세요? 번뇌와 삶에 대한 집착이 불끈불끈 끓어오르진 않으시나요?"

리오나는 느긋하게 웃는 렌에게 안간힘을 다해 매달렸다.

"솔직히 그 점을 파고들 생각으로 벗은 건데 말이죠. 작품에 필요하다면 베드 신도 마다하지 않는 여배우의 정신을 불태워…."

"그랬구나. 이상한 생각을 하네."

"설마 이 정도로 관심이 없을 줄이야!!"

"아니, 그게… 진심, 바람, 원나이트, 연인 미만 친구 이상… 아무튼 다양한 만남과 경험을 통해 난 생각하게 됐지."

연애 방면으로는 아직 한참 **어린** 천재 소녀에게 렌은 달래듯이 말했다.

"역시 마지막은 결국 사랑이야."

"사랑?! 경박남 주제에 그건 아니죠, 로쿠하라 씨!"

"아니. 사랑은 소중해. 요 몇 년 사이에 깨달았는데, 난 여자의 성격이나 외모 같은 건 하나도 신경 안 쓰여. 요컨대 얼마나 나를 진심으로 대하느냐, 거기에 따라 나도 그만큼 잘해 주고 싶달까?"

"그, 그럼 이상하게 집착하는 스토커 같은 여자도 생기지 않아요?!"

"맞아, 그런 여자 있었어. 결국 사귀진 않았지만, 일본에 있었을 땐 실제로 그런 사람과도 종종 만났어. 내가 사는 맨션 우편함을 몰래 들여다보고 있어서 말을 건 적도 있고."

이른바 '커뮤니케이션 능력'에는 자신이 있는 로쿠하라 렌.

다양한 남녀와의 교제를 발판 삼아 어느샌가 자각이 싹텄다. 보아하니 자신은 '진심'인 사람에게 약한 것 같다는 것을.

상대가 진심으로 다가오면 그와 똑같이, 혹은 그 이상으로 보답하고 싶다.

"물론 리오나는 최고의 파트너이지만, 진정한 애정을 쏟을 만한 관계성이 있는 것도 아니잖아. 그래서 미인계 같은 걸 써도 무슨 감정이 들진…."

"잠시만요."

리오나는 화들짝 놀라 말하는 중간에 끼어들었다.

## 6

“지금… 지금 그 발언에는 이의가 있어요.”

말하기 거북한지 머뭇거리면서도 리오나는 계속했다.

“저도 나름대로 로쿠하라 씨를 의식했어요. …바, 밤에 침실을 찾아가기도 했고요.”

“하지만 그건 니케 씨의 권능으로 나와 이어져 있기 때문이잖아.”

아테나의 종속신이었던 날개의 여신 니케.

그녀로부터 찬탈한 권능이 바로 《날개의 계약》. 그 효력으로 토바 리오나는 렌의 권속이 되어 극적인 파워 업을 이루었다.

그러나 그 반동으로 렌과의 유대를 강렬하게 원하게 되었다.

생크추어리 미트가르트를 여행했을 때도 허구한 날 잠자리에 든 렌의 곁을 몰래 찾곤 했다. 몽유병처럼 무의식 중에.

하지만 그러고 보니… 렌은 깨달았다. 미트가르트에서 귀환한 직후라든가 휘페르보레아에선 거의 그런 적이 없었다는 것을.

그래서 카산드라와도 빈번하게 스킨십을 나눌 수 있었던 것이고….

아직도 로쿠하라 렌의 위에 걸터앉아 있는 리오나의 자세는 매우 도발적이지만, 표정에는 수줍음이 가득했다.

"네. 권속으로서 주인님과의 깊은 유대를 원하는 충동에 사로잡혀 밤이면 밤마다 몰래 숨어들었죠. 하지만 이래저래 무서워져서… 중간부터는 되도록 그러지 않으려고 많이 조심했어요. 방문에 자물쇠를 몇 개나 달아 놓기도 하고, 잠들기 전에 자는 동안 못 움직이게 하려고 부적도 몸에 붙여 놓고."

"무서웠다고?"

"그대로 가다간 로쿠하라 씨를 좋아하게 될 것 같았거든요…."

마침내 리오나는 얼굴을 푹 숙이고 말았다.

하지만 밑에서 그녀를 올려다보는 자세로 있던 렌은 알 수 있었다. 언제나 여왕님처럼 행동하는 천재 소녀는 몹시 부끄러운 듯이 입술을 깨물고는, 눈물을 글썽거리고 있었다.

또한 수치심 때문인지 옷을 발가벗은 나체 상태의 그녀는 얼굴부터 발끝까지 하얀 몸 전체가 새빨갛게 물들어 있었다.

렌은 천천히 입을 열었다.

"사람을 좋아하게 되는 것이 무섭다니, 사춘기가 오기 전인 초등학생 같네…."

"그, 그럼 어떡해요! 이런 적은 처음이란 말이에요!"

"난 유치원 때 첫 여친이 생겼어. 처음으로 깊은 교제를 하게 된 건 초등학교 6학년 때였나?"

"예, 옛날 여자 얘기 같은 건 듣고 싶지 않아요!"

"하하하, 미안, 미안."

“제가 어떻게 해야 될지 몰라 고민하고 몸부림치는 동안, 카산드라 왕녀님과 그렇고 그런 사이가 되고 말이죠!”

이제 리오나는 질투와 비슷한 감정을 드러냈다.

물론 렌을 향한 지금의 감정은 ‘비즈니스 파트너 이상, 연애 대상이 될지도?’라는 미묘한 단계였다.

하지만 이것은 ‘진실한 사랑’과 흡사한 무언가가 틀림없었고….

그렇게 되면 보답하고 싶은 것이 로쿠하라 렌의 천성이었다.

리오나의 밑에 깔린 상태로 위를 향해 누워 있던 렌은 오른손을 뻗어 그녀의 옆구리를 손가락으로 스윽 어루만졌다.

“앗…?”

“상을 준다고 했잖아, 여왕님.”

“확실히 그렇게 말하긴 했지만, 으음….”

리오나의 옆구리에서 허리, 허벅지 바깥쪽으로 손가락을 부드럽게 뻗어 나갔다.

닿을 듯 말 듯 소프트한 터치. 나아가 그녀의 하얀 등과 어깨, 위팔, 팔꿈치, 손등과 손가락 등을 부드럽게 어루만지며….

어떤 곳에 손가락이 닿았을 때 리오나가 애달픈 듯이 입술을 깨물고 신음을 흘리는지.

그것을 똑똑히 파악하며 급소로 생각되는 곳 주위를 또다시 공격했다.

“아….”

"리오나는 이런 거 싫어?"

"사, 상이니까 딱히… 으읏!"

리오나의 하얀 나체는 수치심과는 별개의 것으로 어렴풋이 붉게 물들어 갔다.

피부가 굉장히 하얗기 때문에 변화를 알아보기 쉬웠다. 그녀의 맨살은 비단처럼 매끄러워 손끝에 전해지는 감촉이 렌을 무척 황홀하게 만들었다.

"하, 하지만 살짝, 화가 치밀어 오르네요…."

"어째서? 말해 봐."

"동작이 아주 익숙한 게… 이런 경험치가 어마어마한 것 같아서…."

"누님이나 마담들에게 자주 칭찬을 받곤 했… 아, 아야!"

이 말을 하면 리오나가 화를 낼 것 같은 예감은 있었다.

하지만 지금 렌의 허리에 걸터앉은 소녀가 어떤 반응을 보일지 흥미가 솟구쳐 시험해 봤더니… 정말 깜짝 놀랄 만한 반응이 돌아왔다.

리오나가 난데없이 깔고 앉은 렌의 왼쪽 귀를 물어뜯은 것이다.

"그러니까! 옛날 여자 얘기는 싫다고요!"

"오케이. 기억하고 있을게."

바로 눈앞에서 화를 내더니 눈을 부릅뜬 리오나.

그 단정한 얼굴을 가만히 쳐다본 후, 걸핏하면 화를 내는 소녀의 눈을 들여다보았다. 그녀는 아마 동년배의 여자들보다 훨씬 둔감할 것이다. 하지만 이 자리의 분위기 덕분인지….

이번에는 무언의 유혹을 곧바로 깨달았다.

잠깐의 주저. 웬만해선 보이지 않는 망설이는 표정을 짓고 난 후, 리오나는 주뼛거리며 신중하게 얼굴을 가져다 댔고….

렌 또한 상체를 일으켜 그녀를 맞이했다.

두 사람은 진한 입맞춤을 나누었다. 렌이 혀를 집어넣자 그녀 또한 열심히 렌을 받아들였고, 혀와 혀가 얽히고설키더니….

기나긴 키스 후, 두 사람의 입술이 겨우 떨어졌다.

"아…. 로쿠하라 씨의 귀에 피가…."

"어쩐지 아프더라. 하지만 명예로운 부상이니까 괜찮아."

"로쿠하라 씨는 정말 바보네… 아."

다정하게 미소 지은 리오나의 입술을 이번에는 렌이 틀어막았다.

또다시 기나긴 키스가 될 것 같았지만.

"레, 렌 님! 리오나 님도, 뭐 하고 계시는 거예요?!"

카산드라가 어느새 두 사람의 곁에 나타나 있었다.

조금 전 갑자기 사라져 버린 트로이 왕녀가 간신히 돌아온 것이다. 땅에 주저앉은 렌의 위에 리오나가 걸터앉아 키스를 나누던 결정적 장면에.

멍하니 서 있는 카산드라를 앞에 두고….

"아, 저기, 맞다! 애초에 본인이 말씀하셨잖아요! 정처는 어디까지나 저 리오나이고, 카산드라 왕녀님 당신은 음지에 있는 몸이라고요. 그런 전제가 있는 이상, 딱히 문제될 점은 없죠!"

리오나가 재빨리 수습했다.

"앞으로 둘이서 힘을 합쳐 남편을 내조하도록 해요. 이상!"

"세상에…. 남녀의 정사에 어두운 리오나 님이 이 경지에 이르기까지 앞으로 20년은 더 걸릴 줄 알았는데…."

"꽤, 꽤 실례되는 생각을 하셨군요?!"

여자 둘의 대화로 분위기가 순식간에 떠들썩해졌다.

일단 수라장임에도 불구하고 렌은 어쩌선지 즐겁게 느껴졌다. 이 두 사람을 두고 저승으로 떠나려니 역시 아쉬웠다.

이것이 생명을 원하는 활력인 걸까?

로쿠하라 렌의 오체에 뜨거운 무언가가 펄펄 끓어올랐다.

동시에 가슴에 채워지는 역습의 의지. 렌은 나지막이 중얼거렸다.

"하고 싶은 대로 한 아테나에게 복수도 한번 해 보고 싶단 말이지…. 패자 부활전에 잠깐 도전해 볼까?"

어디까지나 가볍게, 로쿠하라 렌답게 복수를 선언했다.

…………………….

…………….

…그리고 정신을 차려 보니 렌은 바다 근처에 누워 있었다.

바위 밭뿐인 살풍경한 곳이었다. 아마 이곳은 암초에 털이 난 정도로 작은 섬일 것이다. 마침 해가 뜨기 시작하기 직전인 것 같았다.

바로 옆에 리오나가 알몸으로 잠들어 있었다.

렌 또한 바지 외엔 아무것도 입고 있지 않았다.

"아, 로쿠하라 씨…?"

같은 타이밍에 깨어난 파트너.

몸을 일으키면서 잠에 취해 내려오는 눈꺼풀을 간신히 들어 올리며 말을 걸어 주었다. 렌도 대답했다.

"리오나, 일어났어? 많이 번거롭게 해서 미안해."

"아뇨, 부활을 하셨다니 다행이에요…! 제가 해냈네요! 《반혼 주술》에 성공했어요!"

갑자기 잔뜩 신이 난 리오나의 얼굴에 웃음꽃이 활짝 피었다.

그러더니 자신의 몸을 힐끔 본 다음 자연의 모습임을 깨닫고는, 조신하지만 예쁘게 생긴 가슴을 황급히 팔로 가리더니….

몹시 부끄러운 듯이 렌의 얼굴을 쳐다보며 웅얼웅얼 말했다.

"이, 이상한 꿈을 꿨어요. 어째선지 지금 꼴도 이렇고…."

"꿈은 아니었던 것 같아. 봐 봐."

렌은 자신의 왼쪽 귀를 가리켰다.

삼도천… 즉 스틱스 강 언저리에서 리오나에게 깨물린 곳. 아직 아팠다. 잇자국 모양으로 난 상처에 피가 말라붙어 있었다.

그것을 본 리오나는 놀라 몸을 움츠렸다.

렌은 사랑스러운 파트너에게 윙크한 후, 기묘한 하늘을 둘러보았다.

어두운 밤이 밝기 직전 볼 수 있는 자줏빛을 띤 푸른색에, 새벽의 서광으로 인한 장밋빛이 섞였고, 하늘을 흐르는 구름은 황금색으로 빛났다. 그리고 아침 해는 어디에도 없었다.

줄곧 동트기 전의 여명이 계속되고 있었다. 이상할 정도로.

그러나 뭐, 끝나지 않는 밤은 없으니 아침이 가깝다는 시선으로도 볼 수 있었다. 다시 시작하기에는 딱 좋은 타이밍인지도 몰랐다.

# 제 4 장 chapter 4 신의 심판을 앞에 두고

1

하늘은 푸른색과 자줏빛이 뒤섞인 여명의 색으로 물들어 있었다.

태양은 아직 모습을 보이지 않지만, 어째선지 서광을 받은 것처럼 하늘 이곳저곳에 장밋빛 오로라가 물결치고 있었다.

자연의 법칙이 왜곡된 결과였다.

대지는 활활 타오르고, 지구 규모의 대홍수가 일어났다.

이미 넓고 아득한 해원만이 렌 일행의 세계에 남아 있었다.

그리고 되살아난 로쿠하라 렌으로 말할 것 같으면….

그 바다에 뛰어들어 잠수를 되풀이했다. 옷을 벗고 감색 복서 팬츠만 입은 채. 다행히도 수영복과 동일한 폴리에스테르나 나일론 같은 소재이기 때문에 대용품으로 충분히 입을 수 있었다.

기온은 그럭저럭 따뜻했고, 수온도 그리 낮지 않았다.

하지만 스쿠버 다이빙 도구도 없었다. 잠수 가능한 깊이와 시간은 얼마 되지 않는 것이다.

그래도 렌은 최대한 물속에서 마음 가는 대로 헤엄치며 바다의 상태를 천천히 확인했다.

'물이 꽤 깨끗하군.'

마린블루보다 깊은 파란색. 감청색에 가까운 파란색 물.

며칠 전까지 휘페르보레아에서 매일 바라보던 바다였다.

맑고 투명한 바닷물 속에는 떠다니는 쓰레기도 없을뿐더러 바다에 서식하는 생물조차 보이지 않았다. 섬 주변의 물밑은 모래뿐이었다. 해조류도 전혀 없었다.

이른바 생명의 기척이 아예 존재하지 않는 바다였다.

다만….

지금 렌의 앞을 지나간 커다란 거북이는 예외였다. 그러나 몸집이 2미터 정도 되는 이 거북이는 생물에 넣을 필요가 없었다.

왜냐하면 음양사 토바 리오나의 주술로 만들어 낸 《식신》이기 때문이다.

빠른 속도로 바닷속을 헤엄치던 커다란 거북이가 수면을 향해 부상하고 있었다. 리오나가 있는 작은 섬으로 돌아가려 하는 중이다.

슬슬 숨도 한계에 달했다. 렌은 커다란 거북이를 뒤따라갔다.

세계의 대부분은 바닷속으로 침몰했다.

남겨진 육지는 극히 일부에 불과했다. 뿌리를 내린 대지를 찾으러 바다로 나간다고 해도 분명 헛수고로 끝날 것이다.

"…아직 그렇게 단정할 순 없어요. 식신들을 한번 보내 볼게요."

조금 전에 리오나가 그렇게 말했다.

렌과 함께 깨어나 몸단장을 마친 후였다.

두 사람이 잠들어 있던 작은 섬에는 바위 밭과 좁은 모래사장뿐, 나무는커녕 풀조차 나 있지 않았다. 게다가 들짐승은 물론 벌레 한 마리도 없었다.

렌은 말했다.

"확실히 이대로 가다간 우린 굶어 죽어. 아테나와 싸울 상황이 아니야."

"네. 하지만 저의 예상대로라면…."

리오나는 자리에 웅크리고 앉아 손가락으로 모래사장에 글자를 적어 나갔다.

주구였다. '의오지교(依吾指教) 주상삼정(奏上三精) 급급여율

령(急急如律令)'.

이 문자열에 손으로 바닷물을 떠서 좌악 끼얹자, 모래 밑에서 손바닥만 한 크기의 거북이가 바글바글 줄지어 기어 나왔다. 10마리나 20마리 정도가 아니었다. 진짜 '거북이의 산란'처럼 수백 마리나 되는 미니 거북이가 탄생해 잇따라 바다로 들어갔다.

거북이들은 물에 잠기자마자 팽창해 몸길이가 2미터 정도로 커졌다.

그리고 몇 시간 후.

렌과 함께 작은 섬의 모래사장으로 돌아온 커다란 거북이.

겉모습을 보고 상상했던 것과 달리 민첩한 동작으로 식신을 기다리던 리오나의 곁으로 갔다.

"어땠나요, 로쿠하라 씨?"

"바닷속, 적어도 섬 주변의 바닷속엔 아무것도 없었어. 신경 쓰이는 게 하나 있었지만…. 근데 그 얘기는 나중에 할게."

"그럼 **본대**의 성과를 먼저 확인할까요?"

렌과 리오나가 지켜보는 가운데….

땅을 기어 온 커다란 거북이는 입을 벌렸다. '후욱!' 하고 힘차게 뱉어 낸 그것은 렌도 잘 알고 있는 문명의 산물이었다.

"아마 생선 통조림…."

내용물은 캔에 그려진 일러스트를 통해 예상이 가능했다. 단, 표기된 글자는 읽을 수 없었다.

"이거, 무슨 언어일까?"

"아랍어예요. 기름에 절인 정어리인 것 같네요. 그 외에 쿠스쿠스 통조림도…. 지금 우리가 있는 곳은 원래 북아프리카의 어딘가였던 것 같아요. 알제리라든가 모로코라든가."

리오나가 코멘트했다.

주인이 지켜보는 앞에서 커다란 거북이 식신은 연달아 열 몇 개나 되는 통조림을 토해 냈다. 게다가 병에 든 음료수 등도 다수. 미네랄워터, 탄산 오렌지주스, 레몬소다, 개중에는 정체를 알 수 없는 검은 주스도 있었다.

리오나는 부하가 가져온 전리품을 만족스럽게 쳐다보았다.

"휘페르보레아에도 선사문명의 해저 유적이 있는 것 같았거든요. 바다 밑을 넓게 수색하면 지구의 물자가 뭐라도 나올 거라고 기대했죠."

"고마운걸. 이걸로 당분간은 버틸 수 있겠어."

렌은 통조림 한 개를 주워 들었다.

바다에 가라앉아 있던 음식물을 식신이 삼켜서 가져왔기 때문에 타액과 위액으로 축축하게 젖어 있을 줄 알았는데 그렇지 않았다. 바닷물에 젖어 있긴 했지만, 찐득찐득한 감촉은 없었다. 역시 주술을 사용해 보낸 사역마이기 때문일까?

"편리하네."

"비교적 근처 해역에 시가지가 잠겨 있는 것 같아요. 수심도 그다지 깊지 않으니 쓸 만한 건 쭉쭉 끌어올리도록 하죠."

리오나는 웅크리고 앉아 거북이 식신의 머리에 손을 얹고 있었다.

바닷속을 헤매고 돌아온 부하로부터 이런 식으로 정보를 이끌어 낼 수 있는 것이다. 그러나 기뻐하는 렌과 달리 정작 리오나는 의아한 듯이 눈썹을 찌푸리고 있었다.

"리오나, 왜 그래?"

"저도 신경 쓰이는 점이 있었거든요. 실은 로쿠하라 씨가 바다에 들어가기 전부터 이상했어요…."

보아하니 리오나도 같은 의문을 품고 있던 듯했다.

그래서 렌은 바다에 뛰어들었고, 그녀도 식신이 가져올 정보를 기다리고 있었다. 두 사람은 마주 보고 고개를 끄덕인 후, 동시에 말했다.

"대해일이 휩쓸고 간 직후치곤 바다가 지나치게 깨끗해."

"네. 해면도 그렇지만, 물속에도 거의 표류물이 존재하지 않는 것 같아요. 우리 인류가 구축한 도시가 군데군데 해저 유적처럼 잠겨 있기만 할 뿐…."

리오나는 생각에 잠긴 채 딱 잘라 말했다.

"지상에서 일소된 희생자들의 사체가… 그 어디에도 없어요."

보통 대홍수가 일어난 후라면.

이 섬에 흘러 들어온 표류물이 무수히 나올 것이다.

크고 작은 물건들, 무엇보다 생물의 사체가. 특히 이곳이 도시부 근처였다면 인간의 사체로 뒤덮여 있어도 이상하지 않았다.

2

렌이 바다에 뛰어들기 직전, 리오나는 분주했다.

면적이 작은 모래사장을 제외하면 온통 바위밖에 없는 작은 섬, 그 바위 중 하나에 어떤 주문을 새기고 있었던 것이다. 음양오행의 성구라고 한다.

'수생목대길(水生木大吉)', '목생화대길(木生火大吉)', '화생토대길(火生土大吉)', '토생금대길(土生金大吉)', '금생수대길(金生水大吉)'.

리오나는 얼추 설명해 주었다.

"목화토금수의 음양오행… 요컨대 동양판 지수화풍(地水火風), 4대 원소 이론이에요. 오행의 순환과 상생을 잘 이루어지게 함으로써 오곡풍양을 기원했죠."

효과는 옆에서 보기만 했는데도 명백하게 알 수 있었다.

바다에서 돌아오자 주문을 새긴 바위 밭은 흙으로 된 지면으로 변해 있었다.

게다가 한동안 지켜보고 있으려니 풀과 꽃이 피어나 우거졌고, 야자나무까지 쑥쑥 자라났다. 깨끗한 물까지 솟아나선 작은 샘이 되어 버렸다.

이 일대는 작은 공원 정도의 면적이었다.

그러나 살풍경했던 섬의 경치가 이로써 크게 변했다.

"이곳은 휘페르보레아의 '희생의 짐승이 낳은 섬'과 똑같거든요."

리오나가 자랑스러운 듯이 말했다.

"섬이 점점 확대되어 숲과 강까지 생기고, 생명이 탄생했죠. 소규모이긴 하지만, 그때 그 기적을 재현해 봤어요."

"대단하다. 제법 살아남기 쉬워졌어."

나무 그늘과 씻고 마실 수 있는 물을 고생하지 않고 확보했다.

게다가 야자나무는 생활 자재로도 활용이 가능했다. 감사하게도 10그루 가까이 자랐다. 아직 어린 나무지만, 열매까지 달려 있었다.

렌은 재빨리 나무를 올라타선 야자나무 열매를 지상에 떨어뜨렸다.

"몸이 가벼운 건 역시 로쿠하라 씨답네요. …그런데 슬슬 옷을 입어 주지 않으실래요? 눈 둘 곳이 없네요."

"아, 미안. 깜박했어."

바다에서 나온 후, 렌은 계속 복서 팬츠 달랑 하나만 입고 다녔다.

이 차림으로도 문제없을 만큼 기온이 따뜻했기 때문이기도 했고, 지금은 하나밖에 없는 옷을 젖게 하고 싶지 않았기 때문이다.

의외로 늠름하다는 말을 자주 들었던 반라의 신체를 앞에 두곤 리오나가 수줍어하며 눈을 돌리고 있었다.

렌은 그런 파트너가 귀여워서 찡긋 윙크를 했다.

"너만 좋다면 난 계속 이대로 있어도 괜찮은데. 해방감도 있고."

"바, 바보 같은 소리 하지 말고 얼른 불이나 지피세요!"

"하하하. 라저."

렌은 굴러다니는 돌을 주워 야자나무 열매를 깼다.

껍질을 장작 대신 쓰기 위해서이다. 거기에 나무껍질의 섬유까지 더해 리오나의 소지품인 오일 라이터로 불을 붙여….

"몸도 녹일 수 있게 되었으니 이제 배를 채우도록 하죠!"

리오나의 제안으로 식사 겸 휴식이 시작되었다.

다행히도 거북이 식신은 뚜벅뚜벅 돌아와선 해저에서 건져 온 전리품을 순조롭게 뱉어 냈다. 전부 축축하게 젖어 있었지만 나이프, 양동이, 의류와 천, 텐트, 밀봉된 식료품 등 당장 도움이 되는 물건들이 많았다.

통조림을 직접 불에 넣어 가열해 닭고기토마토조림과 정어리를 준비했다.

겨우 간단한 식사를 끝낸 후.

"그래서 리오나. 아까 얘기한 '시체가 전혀 없는' 문제 말인데."

"가설이 하나 있어요."

렌이 천천히 화제를 꺼내자, 파트너는 딱 잘라 말했다.

"아테나에 의한 '세계의 끝'. 아마 전무후무한 대위기를 일으킨 후, 세계의 모양을 지구 규모로 개변해 버리는 현상일 거예요."

"…개변?"

"그거 있잖아요. 세계를 크게 떠들썩하게 만들기 위한 단체의 단장이 하던 거. 여름방학이 영원히 끝나지 않는 세계의 창조. 고양이가 떠드는 세계로 개변했던 거. 모르세요?"

태연하게 말하는 리오나. 그러나 렌은 고개를 갸웃거리고 말았다.

"어디서 들은 적이 있는 정도야."

"이래서 어설픈 오타쿠들은… 그럼 '만약에 박스'는 아세요?"

"그건 당연히 알지."

렌은 납득했다. 만약 마법이 존재한다면. 돈이 필요하지 않게 된다면.

그런 'IF'의 세계를 창조해 내는 꿈의 아이템.

"그럼 이번의 '만약'은 역시…."

"딱 잘라 말해 '지구상의 생물을 전부 없애 버리고 아무것도 없는 깨끗한 상태에서 리셋할 수 있다면'이에요. 지구 전체가 물과 불로 뒤덮였을 때… 저는 하늘에서 봤어요. 삼켜진 인간들이 한순간에 사라져 버리는 것을.”

리오나는 자신의 기억을 더듬듯이 천천히 말했다.

“잘 생각해 보니 물에 빠져 죽거나 불에 타 죽기 전에 ‘소멸’했다고 해석해야 할 것 같더라고요. 왜냐하면 우리도 깨달았듯이….”

“희생자의 사체가 어디에도 존재하지 않으니까?”

렌은 납득하지 못해 고개를 갸웃거렸다.

“하지만 육지가 전부 바다에 잠기는 클래스의 초 대재해인걸? 굳이 소멸 같은 걸 시키지 않아도 생물은 다들 알아서 죽어 없어질 텐데?”

“실은 원래 신화… 세계 각지의 홍수 전설이 **그런 식**이거든요.”

리오나는 즉답했다.

“그런 신화에 등장하는 대수해에선 인류는 ‘그 유명한 보완 계획처럼 소멸’하지, 익사하는 건 아니다… 그런 점이 있어요.”

“그래?!”

“홍수 신화의 원형은 아마 휘페르보레아의 모델이 된 인도유럽어족의 원향, 혹은 그곳 근처 고대 메소포타미아 어딘가에서 성립됐어요. 기본 패턴은 이렇답니다.”

1. 인류의 존재를 용서할 수 없는 신이 대홍수를 일으킨다.

2. 하지만 사전에 그 사실을 전해 들은 인간만이 배를 만들어

홍수에서 살아남는다.

3. 십여 일 후에 물이 빠지고, 생존자는 육지로 내려가 새로운 생활을 시작한다.

리오나는 이어서 말했다.

"솔직히 말해 홍수 신화는 대부분 이 전형적인 흐름에 충실해요. 그리고 당연히 있어야 할 '어마어마한 숫자의 익사체'는 어디에도 등장하지 않죠."

"이유가 뭘까?"

"단순히 '지상의 모든 것이 쓸려 간 신세계'의 이미지에 걸맞지 않기 때문… 일지도 몰라요. 현실의 대수해와 달리 신화의 홍수는 아무튼 이미지가 최우선이거든요."

유명한 '노아의 방주'가 물 위에 있던 기간은 아마 두 달 정도.

그렇게 말하고 나선 리오나는 덧붙였다.

"문헌으로 확인할 수 있는 가장 오래된 홍수 신화, 메소포타미아의 '우트나피쉬팀의 방주'에선 약 20일 전후. 그리스 신화의 '데우칼리온의 홍수'에서는 10일 정도일까요. 고작 그 정도로 익사체가 흙으로 돌아갈 리가 없는데 죽은 인간과 동물들의 뼈는 어디에도 등장하지 않은 채 신세계 에피소드가 시작돼요. 홍수 신화는 '사람이 수해로 죽는 이야기가 아니라, 세계를 개변하고 리셋하는 이야기'라는 이유는 바로 그 점에 있죠."

"그렇군. 반드시 새로운 시작이 있기 때문에 그려지는 줄거리구나."

"네. 이 세계도 아마… 조금 더 거주에 적합한 육지가 생기면 새 게임이 시작될 거예요. 그 전까지는 지금처럼 아침 해도 뜨지 않고, 새로운 시대의 시작을 기다리는 동트기 전의 시간이 계속 이어지겠죠."

겨우 납득한 렌은 하늘을 올려다보았다.

푸른색과 자줏빛이 기본 컬러인 하늘에 이따금 장밋빛이 뒤섞였다. 새벽녘의 하늘. 황혼과 대비되는 시각….

리오나는 바다와 하늘을 쳐다보며 한숨을 내쉬었다.

"지구상의 생물은 익사체도 남기지 않고 소실. 하늘은 자전과 공전, 지구와 태양의 관계를 완전히 무시한 말도 안 되는 상태. 우리가 있는 **이곳**은 일종의 신화 세계인지도 몰라요…."

"여기? 지구 전체 말이야?"

"네. 지구가 통째로 홍수 신화를 재현하는 세계가 됐을 거예요. 그야말로 '만약에 박스'. 인류 보완 계획도 좋고요."

"확실히 이미 이치가 통하는 세계는 아니지…."

"뭐, 홍수 신화에서 파생된 종말전승… 구약과 신약의 묵시록 같은 건 더 말도 안 되는 줄거리지만 말이죠. 세계가 멸망할 때 죽은 인간은 그 후 모두 부활해 최후의 심판을 받아요. 그리고 하늘나라로 갈지, 지옥으로 떨어질지 정식으로 결정되죠."

"뭐? 죽은 전 인류가 모두 부활한다고?"

"네. 한 명도 남김없이 부활하자마자 순서대로 '최후의 심판'을 받게 돼요. 그곳에서 신의 나라로 초대받을지, 지옥으로 떨어질지 정해지는 거죠."

"그렇다는 건, 말이야."

렌은 천천히 제안했다.

"죽은 사람들이 소생해 신을 쓰러뜨리고 최후의 심판을 막으면 '끝이 좋으면 다 좋다' 상태가 되지 않아?"

"…그럴 것, 같기도 하네요."

리오나는 어리둥절해 하면서도 렌의 말에 긍정했다.

"인류 보완 계획이 실패해 사라진 전 인류가 돌아온다든가? 드래곤볼이 있으면 어차피 모두 되살아난다든가? 그런 것과 동일한 결과가 될 것 같은 느낌이 들긴 하네요…. 지금의 지구가 신화 세계, 그러니까 상식이 통용되지 않는 이공간이라면 더더욱…."

"도전해 볼 가치는 있을 것 같아!"

"그럴지도 몰… 아, 아뇨, 아뇨."

리오나가 황급히 부정했다.

"확실히 유대교나 기독교 쪽 묵시록은 그런 내용이지만. 아테나는 어디까지나 그리스 신화의 신격. 그보다 더 예전엔 '뱀'이 심벌인, 고대 지중해 지역에서 널리 숭배되던 지모신이었어요.

그 메두사와 표리일체를 이루는 존재. 묵시록에 적힌 것과 같은 인류 부활을 실천할 가능성은 낮을 거예요."

"하지만 성서에 나오는 이야기도 옛날 옛적에 지중해 주변에서 일어난 일이잖아. 무슨 관계가 있지 않아?"

짐작 가는 부분이 있었기에 물고 늘어졌다. 그러자 리오나는 생각에 잠기더니,

"그건 뭐… 그리스 신화에 나오는 '데우칼리온의 홍수'도 실은 다른 지역의 홍수 신화를 베껴서 성립된 에피소드라고 하니까요."

옛날 옛적 이야기. 신들의 왕 제우스는 인간들의 무법에 대노해 홍수로 인류를 말살하려는 계획을 세웠다. 그것을 유일하게 알고 있던 데우칼리온. 그는 아내와 함께 방주를 타고 홍수를 넘긴다.

렌은 고개를 끄덕였다.

"노아의 방주와 거의 똑같군."

"하지만 육지로 내려선 이후부터는 달라요. 인류 중 생존자는 데우칼리온 부부뿐. 너무 적어서 어찌할 바를 모른 채 망연자실한 두 사람 앞에 여신 테미스가 나타나 돌을 던지라고 알려 줘요. 테미스가 알려 준 대로 부부가 돌을 던지자, 돌에서 인간 남녀가 잇따라 탄생하죠."

리오나는 의심쩍은 듯한 표정을 짓고 있었다.

"이러면 부활이 아니라 어디까지나 '신생'. 우리가 기대하는 그런 속 편한 전개는 성립할 수 없어요."

"하지만 카산드라가 단언했어."

렌은 조용히, 하지만 열기를 담아 말했다.

명계의 강을 건너던 도중에 트로이 왕녀와 리오나가 연달아 찾아와선 그를 붙잡아 준 일막을.

"아테나가 있는 섬에 '남겨진 희망이 있다'고 했어. 그건 아마 예언일 거야."

"카산드라 왕녀님이?!"

인류 총부활이 이루어질지 아닐지는 일단 제쳐 두고.

아무튼 바다 어딘가에 있는 아테나를 찾아내자.

두 사람은 그렇게 방침을 세우곤 행동을 개시했다. 아주 조금이라도 희망이 있다면…. 그리하여 리오나는 결국 렌을 따르기로 했다.

"이대로 무릎을 끌어안고 얌전히 있기엔 부아가 치밀어서 말이죠!"

어떻게든 아테나에게 반격해야 한다.

그래서 리오나는 바다만이 아니라 하늘에도 식신을 풀었다. 영부 다발을 파란 제비 무리로 변신시킨 다음, 하늘로 보낸 것이다.

제비들은 뿔뿔이 흩어져 사방팔방으로 날아갔다.

"저는 《반혼주술》로 죽어 가는 로쿠하라 씨의 영혼과 접촉했지만, 카산드라 왕녀님도 신화 세계의 예지자이자 무녀. 저처럼 로쿠하라 씨의 영혼과 접촉해도 이상하지 않아요. 아무튼 지금은 그 예언이 주인님이 꾼 꿈이 아니라는 걸 믿고 할 수 있는 만큼 해 보죠."

마음은 성급했지만, 식신의 보고를 기다리는 동안에는 할 일도 없다.

그래서 그런지 리오나가 화제를 던졌다.

"그런데 이번 지구 궤멸 말이죠, 결정적 수단이 된 건 아테나가 갖고 있던 《종말의 그릇》인가 뭔가 하는 슈퍼 아이템인데… 그게 은근히 **수수께끼**란 말이죠…."

"수수께끼라고?"

"세계의 멸망을 일으키는 도구에 얽힌 신화, 뭐가 있었는지 모르겠어요. 게다가 아테나와 어느 정도 인연이 있을 법한 지역에…."

"리오나도 짐작 가는 곳이 없구나."

"전혀 없어요."

"그러고 보니 무슨 히어로 영화에 있었나? 악역이 엄청난 파워스톤을 다섯 개 모아 우주의 인구를 반으로 줄여 버리는 전개."

렌이 떠올리자, 리오나는 곧바로 물고 늘어졌다.

“네, 네. 그거 마블 코믹스에선 ‘흔히 있는’ 일이에요. 세계를 개변할 수 있는 능력자나 아이템이 정말로 세계를 확 바꿔 버리는, 그 유니버스에선 몇 년에 한 번꼴로 일어나요.”

“뭐? 그렇게 자주?”

“네. 그리고 히어로들은 우여곡절 끝에 개변 세계를 어떻게든 원래대로 돌리거나 리셋된 환경에 익숙해져 새로운 장으로 돌입하죠.”

“우리의 선택지는 당연히 ‘원래대로 돌린다’ 하나뿐이야.”

“네. 실은 저… 그 신구 《종말의 그릇》을 빼앗으면 개변된 세계를 다시 리셋할 수 있을지도 모른다고 기대 중이에요. 최후의 심판을 막아 인류 총부활을 꾀하는 것보다 그편이 가능성이 높은 것 같거든요.”

아무튼….

이대로 아무것도 하지 않으면 둘이서 나란히 절망할 뿐이다.

그래서인지 잡담을 섞은 작전회의에도 열기가 들어갔다. 적당한 바위에 걸터앉아 무릎을 마주한 채 대화를 나누었다. 둘만의 농밀한 시간이기도 했다.

문득 어떠한 생각이 떠오른 렌은 파트너의 얼굴을 가만히 바라보았다.

시선이 마주치자 리오나는 부끄러운 듯 얼굴을 피했다.

“왜, 왜 그러세요, 로쿠하라 씨?”

“아니. 리오나는 참 예쁘게 생겼구나 싶어서.”

“?! 가, 가, 갑자기 무슨 말을 하시는 거예요?!”

“리오나도 자주 말하잖아. 본인은 미소녀라고. 나도 그렇게 생각해.”

“무, 물론 저도 자각하고 있지만! 로쿠하라 씨, 여태껏 한 번도 얼굴을 칭찬한 적은 없었잖아요?!”

“그야 당연하지. 지금까진 그런 관계가 아니었으니까.”

렌은 수줍어서 허둥지둥하는 파트너에게 미소를 지었다.

“하지만 지금은 그때와 조금 달라. 안 그래?”

“그건 뭐, 그렇지만….”

물리적으로도 정신적으로도 두 사람의 거리는 확연히 가까워져 있었다.

그러나 아직 리오나는 창피했다. 초조해 할 생각도 없는 렌은 그냥 생긋 웃기만 하는 걸로 끝냈다.

그러자 리오나는 겸연쩍은 듯이 고개를 숙였다.

“로, 로쿠하라 씨와 이러고 있는 건 나쁘지 않지만… 그래도 생각해 보니 카산드라 왕녀의 안위도 확실하지 않은데 이러고 있는 게 미안해서 가슴이 쿡쿡 쑤시네요….”

“카산드라는 아마… 아니, 틀림없이 무사할 거야.”

확신에 찬 렌이 말했다.

"아테나가 신으로서 맹세했어. 그녀와 줄리오는 반드시 수호하겠다고."

"그, 그렇다면 확실히 믿을 수 있겠네요…. 우마야도 황자가 저번에 말했듯이 그 맹세를 어기는 짓은 신의 정체성을 해치는 자살 행위니까요. 그렇군요. 카산드라 왕녀님이 건재하다면 저도 안심하고 로쿠하라 씨와의 사이를 긍정적으로… 어라? 뭔가가 조금 잘못된 것 같은데…?"

익숙지 않은 연애 행위에 또다시 리오나가 혼란스러워했다.

"보통은 전 상대가 떠난 후에야 다음 연애로 넘어가거나 새로운 만남을 찾아다니지 않나요?!"

"뭐 어때. 남은 남, 우리는 우리잖아."

몹시 당황하는 파트너가 귀여웠다. 렌은 생긋 웃었다.

"보통이 어떤지 신경 쓰다니, 리오나답지 않은걸?"

"으으으으. 그건 정말로 그렇잖아요! …아."

난데없이 리오나가 시선을 떨구었다.

2미터 가까이 되는 등껍질을 가진 커다란 거북이가 어느샌가 발밑에 와 있었기 때문이다. 아까 푼 파란 제비와 마찬가지로 토바 리오나의 식신이었다.

무언가를 호소하는 듯, 똑똑해 보이는 눈으로 주인을 올려다보고 있었다.

눈과 눈으로 마음이 통했는지, 리오나는 나지막이 보고했다.

"…우리가 찾는 것이 발견된 것 같아요."

"아테나가 있는 곳을 벌써?! 굉장한걸? 대박이다!"

"아뇨. 그것과는 다른 것을 수색하게 했어요. 그걸 찾았어요. 실은 예언자 요한 씨께서 조언해 주셨어요. '빛나는 검을 찾으라' 고…."

3

영조 야타가라스로 변하면 넓은 하늘조차도 토바 리오나의 것.

자유자재로 날아다닐 수 있다. 하지만 마음만 먹으면 바다에 들어가 자기 집처럼 물속을 다니는 것도 그리 어렵지 않았다.

하늘에 속한 영조에겐 어울리지 않기 때문에 웬만해선 하지 않을 뿐.

하지만 지금, 리오나는 야타가라스로 변신해 검푸른 바다로 뛰어들어 마침내 해저에 도착한 참이었다.

작은 거점을 이룩한 작은 섬에서 400킬로미터 정도 북서쪽.

수심 4, 50미터 정도 되는 해저에 '도시'가 잠겨 있었다. 단, 식신들이 물자를 조달한 지역의 부근과는 매우 달랐다.

'이것 참, 어마어마한 참상이구나….'

해저에 있던 것은… 물에 잠긴 불탄 대지였다.

도시 전체가 엄청난 고열의 불꽃에 태워져, 수많은 생명과 건물이 소멸된 자리였다.

남아 있는 것은 철근 콘크리트와 돌로 만든 건조물 정도였다.

하지만 그조차 이곳저곳이 끈적하게 녹아 겨우 형태를 유지하고 있는 것에 불과했다. 또한 초고온에서 태워진 영향으로 인해 건물군은 전체적으로 하얗게 색이 바래 있었다.

아폴론이 아테나에게 맡긴 《필멸의 큰불》.

이곳은 그 불꽃으로 태워진 구역인 것이다.

그리고 불길이 지나고 남은 지역 안을 한동안 떠돌던 리오나는 확신했다.

'역시 이곳은 발렌시아의 거리….'

로쿠하라 렌과 인연이 생긴 이후로 몇 번이나 방문했다.

스페인 제3의 도시 발렌시아. 거리의 풍경이 어렴풋이 익숙했다.

시의 중심이기도 한 대성당. 미겔레테 탑.

구시가지를 에워싼 중세의 성벽. 궁전처럼 으리으리한 역사(驛舍) 등.

단, 전부 하얗게 색이 바래고, 녹기 시작한 얼음상처럼 모양도 무너져 몹시 세기말다운 참상이었다.

그 안을 야타가라스는 우아하게 나아갔다.

가오리들이 가슴지느러미를 날갯짓하듯이 금색 날개를 위아래로 천천히 움직이면서.

'시가지는 그렇다 치고, 역시 물이 너무 깨끗해….'

물속을 떠다니는 쓰레기도, 인간과 동물의 시체도 없었다.

맑은 바다의 내정을 자신의 눈으로 직접 확인하면서 리오나는 목적지까지 갔다.

시의 중심부에서 떨어진 교외. 건물도 적고, 원래라면 전원의 풍경이 평화롭게 펼쳐져 있을 장소. 리오나도 와 본 적이 있다.

일찍이 《파멸 예지의 시계》를 보관해 뒀던 서양관, 그곳이 있던 자리.

서양관의 기초가 겨우 남아 있는 정도였고 그 이외에는 빈터나 마찬가지였다.

그렇기 때문에 예전의 모습은 하나도 찾아볼 수 없었지만….

어느 일각이 백금색으로 빛나고 있었다.

엄청 커다랗고 성스러운 광휘를 발하는 검이 땅에 묻혀 있었던 것이다. 도신의 끝부분과 칼자루만 밖에 노출된 상태였고, 나머지는 땅속에 있었다.

'요한 씨가 예언한 검은 아마 이것일 거야….'

이런 보물을 그리 쉽게 발견할 수 있을 거라고는 생각되지 않았다.

물자 조달을 위해 바다에 보낸 수색대가 발견했지만, 식신들의 한정된 힘만으로는 회수가 불가능했다. 그들은 주력(呪力)으로 대상물을 삼켜 육지까지 운반해 온다. 하지만 사정이 있어 보이는 이 검은 식신의 주력을 간단히 **튕겨 냈다**고 한다.

그래서 리오나가 직접 찾아왔다.

영조 야타가라스의 염력을 사용해 무라도 수확하듯이 땅에서 검을 뽑아냈다.

흙투성이인 매장품. 그러나 해저의 조류에 씻겨 금세 모습을 드러냈다.

백금색으로 빛나는 검은 검날의 길이가 1미터 가까이 되었다.

커다란 양날검에선 당당한 품격조차 느껴졌다. 오랜 내력을 자랑하는 신도(神刀), 영검(靈劍)이 틀림없다. 리오나는 확신했다.

그리고 또 하나 주목해야 할 점이 있었다.

'…왜 인간까지 함께?'

묻혀 있던 것은 빛나는 검만이 아니었다.

검이 발하는 광휘의 수호를 받으며 한 소녀가 새근새근 잠들어 있던 것이다. 오랫동안 해저에 묻혀 있었음에도 불구하고 그녀는 젖지도 않았을뿐더러 흙이 묻어 더럽지도 않았다.

가련한 미모. 갈색 피부에 넉넉한 네글리제. 리오나는 이 소녀를 본 적이 있다.

'맞아…. 잠자는 수수께끼의 공주!'

이 서양관 본관에 봉인되어 있던 잠자는 공주.

생령이 되어 동생 후미카를 이용해 자유를 얻고자 했던 적이 있는 정체불명의 괴인이었다.

본거지인 작은 섬에서 기다리고 있던 로쿠하라 렌.

야타가라스의 모습으로 돌아온 리오나를 마중하다가 깜짝 놀라 버렸다. 변신을 푼 파트너의 옆에 낯익은 소녀가 있었기 때문이다.

"고맙습니다! 구해 주셔서 정말 감사해요!"

전(前) 잠자는 공주는 기운차게 인사했다.

리오나가 '빛나는 검'과 함께 바다에서 끌어올린 소녀. 예전에 렌도 목격한 네글리제 차림으로 호탕하게 이름을 댔다.

"저는 아이샤라고 해요. 잘 부탁드려요!"

"여기 계신 아이샤 씨는 요컨대 줄리오의 조상님이 봉인한 '신살자 마왕님'이래요. 《하얀 여왕》의 힘의 원천이었던 《성배》를 통해 발렌시아의 지맥에 사로잡혀 있었던 탓에 계속 잠을 자고 있었나 봐요."

이미 자세히 이야기를 나눈 듯한 리오나는 대략적으로 설명해 주었다.

"네~ 하지만 지구가 붕괴되면 지맥도 뭣도 없으니까요~"

아이샤 양은 방긋방긋 웃으며 말했다.

"정식으로 자유의 몸이 됐어요. 두 분은 세계를 되살릴 생각이

시죠? 저도 도와드릴 테니 같이 힘내죠!"

"정말? 기뻐라. 난 로쿠하라 렌."

생각지 못한 만남에 미소를 지으며 렌은 오른손을 내밀었다.

그러자 아이샤도 방긋 웃으며 악수에 응해 주었다.

"저는 완력 면에서는 도움이 되지 못하겠지만, 이래 봬도 세계의 위기에 맞선 경험은 꽤 있는 편이라서 말이죠. 그쪽 방면으로는 저에게 의지하셔도 된답니다."

"아이샤 씨, 굉장한걸? 경험자구나."

렌 일행도 신화 세계에 갈 때마다 세계의 존망에 맞서 왔다.

하지만 비슷한 경험이 있는 신살자가 드물지 않다는 것에는 놀랐다. 아이샤는 '척척박사 누나'처럼 약간 자랑스레 말했다.

"신화 세계나 병행 세계를 여행하다 보면 흔히 있는 일이에요. '매번 친숙한 세계의 위기'인 셈이죠♪"

"그중 몇 개는 아이샤 씨가 일으킨 위기 아니야?"

"……."

"아, 부정은 안 하는구나."

"아뇨, 아뇨. 저 같은 사람이 그런 어마어마한 짓을 할 수 있을 리가 없잖아요~"

줄리오의 선조 체사레 브란델리에게 봉인당한 마왕.

그 내력을 떠올리며 렌이 농담을 입에 담았는데, 뜻밖에도 진실이었던 듯했다. 아이샤는 미묘하게 시선을 돌리며 얼버무리기 시작했다.

한편, 리오나는 그런 마왕을 물끄러미 쳐다보고 있었다.

"어찌 됐든 여태까지 만난 무뚝뚝한 '선배'와는 정반대의 캐릭터시네요. 늑대술사 후작님이라든가, 라호 스승님이라든가…."

"아. 그분들은 저의 의형제라 해도 과언이 아닌 친구들이에요."

"그거, 과장이 너무 심한 것 아닌가요?! 사회성은 내다 버린 그 인격 파탄자들이 다른 사람과 그렇게 가깝게 어울릴 리가 없잖아요!"

아이샤 양의 자진신고에 딴죽을 걸고 난 후, 리오나는 어깨를 움츠렸다.

"어찌 됐든 지금은 식신들이 아테나가 있는 곳을 찾는 중이에요. 결과를 기다릴 수밖에 없으니 당분간은 가만히 대기하고 있어야 하지만 말이죠."

"그렇다면 금방 좋은 소식이 올 거예요~"

아이샤는 어째선지 자신 있게 미소를 지었다.

"지금의 저는 굉장히 운이 좋거든요!"

"운? 무슨 의미야, 아이샤 씨?"

"실은 저, '행운을 부르는' 권능을 갖고 있거든요. 그래서 그런지 자연스럽게 좋은 일이 일어나요. 이번에도 리오나 씨가 저를 발견해 주셨으니까요!"

"아…."

리오나는 허를 찔렸다는 얼굴로 대각선 위쪽을 올려다보았다.
해가 뜨기 전의 푸른색과 자줏빛이 섞인 하늘. 파란 제비 한 마리가 빙글빙글 원을 그리듯이 날고 있었다. 수색대로 보낸 식신 중 하나였다.

놀랍게도 아이샤 양의 말대로였다.
"아테나의 아지트로 보이는 섬은 현재 위치에서 동북동 방향으로 약 1200킬로미터 떨어진 곳에 있어요. 게다가 줄리오와 카산드라 왕녀님의 생존도 확인됐어요."
모닥불을 준비하고 텐트도 쳐서 야영 준비를 마친 캠프지.
그곳에서 리오나가 천천히 말을 꺼냈다. 음양도의 비술로 만들어 낸 샘은 즉석 스크린이 되어 날개 달린 식신이 보고 온 정경이 그 위에 떠올랐다.
제법 커 보이는 섬이 바다에 떠 있었다.
바위만 있는 쓸쓸한 섬. 그 일각에 석상이 100개 가까이 세워져 있다. 당장이라도 움직일 것처럼 리얼하게 만들어진 석상은 마치 살아 있는 인간 같았다.
트로이 왕녀 카산드라와 줄리오 브란델리와 똑같이 생긴 석상도 있었다.
바다와 맞닿은 바위 벽과 모래사장에는 흉악해 보이는 용들도 있었다.

뱀처럼 똬리를 틀고 있거나 칠칠치 못하게 누워 쉬고 있다. 장난삼아 섬의 상공을 날아다니는 용도 적지 않았다.

"아테나는 어디 있을까?"

렌은 적지의 상황을 확인하곤 중얼거렸다.

수괴인 대여신의 모습은 어디에도 없었다. 리오나가 대답했다.

"적어도 지상에는 없네요. 다른 곳으로 나갔을지도 몰라요. 단, 개인적으로는 '섬 어딘가에 숨어 있다'에 한 표예요. 이 섬, 이상하리만치 대지의 정기가 강한 것 같으니 아마 아테나의 강한 비호 아래에 있을 거예요."

섬의 수면에 비친 적지의 풍경.

리오나의 말에 반응하며 새로운 영상으로 바뀌었다.

우선 높은 곳에서 부감으로 섬 전체를 비추었다. 온통 울퉁불퉁한 바위로 가득한 대지. 그 중심에는 '여자의 얼굴'을 그린 소박한 선화(線畫)가 있었다….

윤곽 주위에는 '뱀'으로도 보이는 구불구불한 선이 몇 개나 있었다.

"섬 한가운데에 새겨진 그림은 '고르곤의 각인'이에요. 옛 대지모신의 상징으로, 메두사와 표리일체를 이루는 아테나의 각인 그 자체이죠."

리오나의 설명을 들은 렌은 중얼거렸다.

"그걸 천 마리의 드래곤들이 지키고 있다는 거군. 아테나의 기지인 거구나.”

“네. 어설프게 접근했다간 곧바로 몰매를 맞을 거예요. …적의 아지트를 알게 된 건 그렇다 쳐도, 별로 좋은 소식도 아닌 것 같네요….”

“어쩔 수 없죠. 화복규묵(禍福糾纆)… 재앙과 복은 꼬아 놓은 새끼와 같이 서로 얽혀 있다고 하잖아요.”

어디까지나 호탕한 아이샤는 방긋방긋 웃으며 그렇게 말했다.

“그보다 여러분, 좋은 걸 찾아보죠! 우리의 승리로 이어질 만한 포인트가 뭐 없는지~”

“전투력으론 승산이 없을 거예요.”

리오나가 한숨을 내쉬었다.

“비장의 카드였던 《하얀 여왕》도 **저렇게 됐고** 말이죠.”

야영지에는 장창이 하나 세워져 있었다.

창날은 상처투성이. ‘정말로 필요할 때까지 절대 깨우지 마라’. 그런 말을 남기고 잠든 여왕이었다.

“그래서 아이샤 씨는 ‘능력에 자신이 **없다**’는 말이지?”

“죄송해요. 제가 싸움은 좀….”

“그런 사람이 왜 신살자인지 참 신기하네요. 그럼 애초에 신을 죽이지 못했을 텐데….”

리오나가 태클을 걸자, 아이샤는 허둥대며 말했다.

“무슨 그런 말씀을! 저는 항상 신들과 사이좋게 지내고 싶은

걸요. 하지만 어째선지 늘 불행한 사고가 겹쳐 본의 아닌 결과가 되고 말아요….”

““…….””

놀란 말투에 렌과 리오나는 서로 시선을 교환했다.

‘지금 그거 엄청난 고백이었네요. 이 사람, 살의는 없지만 몇 번이나 신을 죽였다…라고밖에 들리지 않았어요.’

‘그러게. 어떤 인생을 살아온 걸까…?’

‘아마 고비가 닥치면 분명히 모종의 수단을 써서 힘이 되어 줄 거예요. 하지만 지금은 따져 물어봤자 아무 의미 없을 것 같아요.’

사념을 주고받는 소리 없는 의사소통.

이 이상 아이샤 양을 신경 써도 소용없을 것 같았기에 렌은 또 다른 무기로 눈을 돌렸다. 땅에 놓인 ‘빛나는 검’을.

“엄청 훌륭한 검이야, 이거.”

“네~ 그거, 실은 세계를 구하는 ‘용자님의 검’이라는 거예요. 우리들 ‘신살자’를 전멸시키기 위해 만들어진, 우주 최강의 무기죠.”

이름은 《구세의 신도(神刀)》라고 한다.

아이샤는 대수롭지 않다는 듯이 놀랄 만한 정보를 추가했다.

“옛날에 라호 언니와 보번 오라버니도 잔뜩 애먹인 검이에요!”

“확실히 이상하리만치 품격이 있는 신도예요. 그런 사정이 있어도 전혀 이상할 게 없어요. 하지만….”

이 검을 줄곧 신경 쓰고 있던 리오나는 재빨리 따져 물었다.

"그런 대단한 검이 왜 아이샤 씨를 수호하고 있었던 거죠?"

"아마 저의 마음씨와 바른 행실, 사랑과 용기를 인정해 주신 거겠죠! …아, 이걸로는 설명이 안 되나요?"

"네. 더 논리적인 설명이 더해진 고찰을 들려주세요."

말투도 생각도 가벼운 신살자에게 일찌감치 평소의 여왕님다움을 발휘하기 시작한 리오나.

리오나가 재차 설명을 요청하자, 아이샤는 "으음~" 하고 생각에 잠기더니,

"아. 저를 덮쳤을 때, 아테나가 말했어요!"

지금의 나는 이 세계의 운명을 비틀어 세계를 멸망시키고자 하는 대죄인.

그래서 구세의 검이 강림한 거구나.

"그렇군. 이 세계는 원래 멸망할 운명이 아니었구나."

원수의 발언을 알게 된 렌이 납득했다.

"그런데도 아테나는 억지로 미래를 비틀려고 했다. 그것을 저지하기 위해 '세계를 구제하는 검'이 강림한 거야."

"네~ 과거로 시간 여행을 하면 자주 있는 일이지만 말이죠."

아이샤 양은 또다시 대수롭지 않은 듯이 엄청난 말을 했다.

“당연히 존재해야 할 역사를 바꿔 버리는 짓을 저지르면 ‘수정력(修正力)’이 발동해 ‘없었던 일’이 되고 말아요. 그래서 SF 소설처럼 미래가 갈라져 패럴렐 월드가 생기는 사태는 우선 발생하지 않아요.”

“이해했어요. 설령 사카모토 료마가 은신처였던 오우미야라는 간장 가게에서 습격을 피했다 하더라도 그 후에 다른 사인이 발생해 반드시 1867년 말에 죽는다는 거군요.”

“구세의 신도도 그런 이유로 강림했을 거예요. 하지만.”

아이샤는 곤란한 표정으로 땅에 눕혀져 있는 신도를 쳐다보았다.

“이 검에 걸맞은 용자님이 없단 말이죠. 저희 같은 신살자는 절대 다룰 수 없거든요.”

“…뭐, 이렇게까지 무대가 갖춰졌으니.”

한동안 생각에 잠겨 있던 렌이 천천히 말했다.

“이제 애드리브로 한번 해 보자. 내가 아테나의 섬에서 **성대하게** 날뛰어 볼게.”

“…공격하실 생각이군요, 로쿠하라 씨.”

치면 울리는 종처럼 리오나가 즉각 반응하며 말했다.

“응. 호랑이 굴에 가야 호랑이 새끼를 잡는다고 하잖아. 세계를 멸망시킨 수수께끼의 아이템도 뺏고 싶은 참이고 말이지.”

위험을 알면서도 현지에 뛰어들지 않으면 더 이상의 진전은 없다.

파트너도 같은 의견인지 리오나도 당돌하게 고개를 끄덕였다. 말릴 생각은 아예 없는 듯했다. 다만, '역시 내 파트너야'라는 마음을 담아 윙크를 하자 그녀는 갑자기 수줍어하면서 고개를 떨구고 말았지만….

4

몇 시간 후.

로쿠하라 렌은 **홀로** 적지에 발을 들였다.

아테나의 아지트인 바다 위의 외딴섬이었다.

이곳에는 흉포한 얼굴의 드래곤이 여기저기에 있었다. 바위뿐인 황량한 육지에선 그 기나긴 거구를 뉘여 똬리를 틀고, 하늘에서는 두 날개를 펼쳐 우아하게 바람을 가르고 비행을 즐기며.

빨간색, 파란색, 검은색, 초록색, 흰색… 온갖 색의 드래곤이 있었다.

셀 마음조차 들지 않을 정도로 어마어마한 숫자였다. 대충 수천 마리라고 생각해도 문제없을 것이다.

또한 지상에는 코끼리를 닮은 거수 베헤모스, 하늘에는 천사와 닮은 날개 달린 거인, 섬 주변 바다에는 고래와 닮은 리바이어던 등도 있었다. 하지만 전체의 80퍼센트를 차지하는 드래곤들보다는 수가 현저히 적었다.

아무튼 렌은 그런 위험지대를 어슬렁어슬렁 걷고 있었다.

섬의 중심, 고르곤의 각인이 새겨져 있는 곳을 향해. 이 섬은 리오나가 온갖 정성을 들인 그들의 본거지와 달리 바위 밭밖에 없었다. 그렇기에 헤맬 여지도 없었다.

"뜨거운 시선이 강하게 느껴지는군."

느긋하게 걷고 있는 렌에게 사방팔방에서 주목의 시선이 쏟아지고 있었다.

아테나가 불러낸 '짐승'의 군단. 그들은 눈으로 로쿠하라 렌을 쫓기만 할 뿐 아니라 투지와 살기, 노여움 등의 격정까지 노골적으로 보내왔다.

게다가 귀를 기울일 필요도 없이 온갖 소리까지 들려왔다.

우우우우우우우우우우우우….

크어어어어어어어어어어어어어어어어어엉!

쿠오오오! 쿠오오오! 쿠오오오! 쿠오오오!

전부 위협하며 으르렁거리는 소리, 짖는 소리였다. 천사를 연상케 하는 날개 달린 거인도 아름다운 미모로 고릴라처럼 포효하며 적의를 드러내고 있었다.

"이게 전부 여자들의 성원이라면 아이돌이 된 기분을 맛볼 수 있었을 텐데."

로쿠하라 렌은 쓴웃음을 지으면서도 걸음을 멈추지 않았다.

종말의 '짐승'들이 일제히 달려들지 않는 이유는 짐작이 갔다. 수천 마리의 드래곤마저도 능가하는 하나의 시선이 느껴졌기 때문이다.

이 섬의 그 누구보다도 강대하고, 신위가 넘치는 눈빛….

"슬슬 나오지 그래, 아테나 씨?"

「아쉽게도 그건 불가능하다.」

하늘에서 대답이 내려왔다.

아침노을이 피어나기 시작한 하늘에 한가득, 두 개의 눈이 떠올랐다.

그것은 나이 어린 소녀의 그것임에도 불구하고 사냥감을 발견한 맹금 올빼미, 혹은 독사를 연상시키는… 여신 아테나의 두 눈이었다.

드래곤은커녕 하늘을 떠다니는 뭉게구름보다 훨씬 거대했다.

「세계에 멸망을 가져온 위업을 이루며 나는 조금 피폐해졌다. 아직 휴식이 필요한 몸…. 로쿠하라 렌, 기껏 목숨을 건진 너를 직접 맞이하고 싶은 마음은 굴뚝 같으나, 아직 시기상조이구나. 지금은 잠시 자게 해 주거라.」

"그건 나도 아쉽네. 리벤지 매치를 하고 싶은데."

「호오? 나에게 설욕을 할 수 있다는 뜻이냐?」

"그럼, 할 수 있지. 아테나 씨는 이미 맹세했잖아. 줄리오와 카산드라는 반드시 지키겠다고. 이번엔 인질 작전은 안 통해."

「크크크크! 만만치 않구나, 젊은 신살자여!」

하늘에 울려 퍼지는 아테나의 목소리는 투쟁의 희열에 차 있었다.

「좋다. 여왕을 섬기는 짐승들의 조아(爪牙)로 너를 갈기갈기 찢어발길 수 있는지 시험하게 해 주거라! 자, 덤벼라!」

"드디어 그렇게 나왔군!"

이리하여….

사나운 '짐승'들이 사방팔방에서 잇따라 덤벼들기 시작했다.

평소라면 인과응보의 비축분을 모아 놓고 압도적 물량 공격을 퍼붓는 것이 로쿠하라 렌의 필승 패턴이었다.

하지만 이번에는 동종의 총공격이 렌에게 쏟아졌다.

드래곤 한 마리는 단순히 그 거구로 작은 렌을 깔아뭉개려 했다. 이빨이 빽빽하게 난 입으로 씹어 으깨고 먹어 치우려 하는 드래곤도 있었다.

날카로운 드래곤의 발톱이 벼락처럼 떨어졌다. 입에서 작열하는 불꽃이 쏟아졌다.

채찍처럼 휘는 꼬리가 음속을 초월하는 속도로 떨어졌다. 천사처럼 생긴 거인이 주먹을 때려 박았다. 베헤모스의 앞발이 짓밟았다. 리바이어던은 저 먼바다에서 번개를 내리쳤다.

그중에는 땅속에 파고들어 지하에서 기습을 시도하는 녀석까지 있었다.

그 습격을 전부 신속으로 되받아치는 것은 렌의 주특기. 살랑살랑, 나비처럼 날고 또 날아 '짐승'들의 맹습을 모조리 회피…하는 것으로만 끝나지 않았다.

렌을 덮친 직후, 모조리 쓰러졌다.

용들이, 그 외의 '짐승'들이 한 마리도 예외 없이. 심장 발작이나 뇌경색이라도 일으킨 듯이 대지에 풀썩 쓰러진 것이다.

공중에 있던 자들은 허무하게 추락했다.

렌은 그저 오로지 공격을 피하고만 있을 뿐인데….

하늘에 나타난 아테나의 두 눈이 휘둥그레졌다.

「오오?! 기괴한 주술을 고안해 냈구나, 신살자!」

"여기 오는 동안 떠올랐어. 가능하면 정말로 필살의 일격이 될 거라고 말이지."

씨익 웃는 렌을 향해 드래곤이 달려들었다. 콧등을 부딪칠 기세로 달려들어 렌을 통째로 삼키려 했다.

렌은 자신을 향해 달려드는 일격을 가볍게 피했다.

남이 보기엔 그저 용과 '교차'한 것처럼 보였을 것이다. 그러나 교차하는 찰나, 렌은 나지막이 언령을 읊었다.

"목숨을 해하는 악행에 네메시스는 신벌을 내리노라. 정의의 심판이 있기를!"

비축은 하지 않고, 공격당한 순간에 인과응보.

단, 지금까지 그래 왔듯이 정직하게 내리치는 것이 아니라.

적의 체내, 핵심으로 보이는 중요 기관에 직통으로 응보의 대미지를 되돌려 주었다. 일반적인 생물이라면 심장에 해당하는 요소. 신비의 환수에게는 마력, 생명의 원천이 되는 무언가이다.

아무튼 드래곤은 렌과 교차한 순간에 죽었다.

그 육체의 핵심에는 이빨로 파인 구멍이 있을 것이다. 여신 네메시스의 권능에 의한《인과응보》, 그 대미지였다.

"정의의 심판이 있기를…. 정의의 심판이 있기를…."

입속으로 읊으면서 신속이 발동한 발로 춤추듯이 민첩하게 회피했다.

그 결과, 몇 초마다 '짐승'과 로쿠하라 렌은 **교차**를 되풀이했다. 그때마다 습격자는 풀썩 쓰러져 절명했다.

죽은 짐승들의 사체는 그대로 순식간에 풍화해 먼지가 되어 버렸다.

인과응보를 비축하지 않고, 공격당할 때마다 응보하고 즉사시킨다. 새로운 전법이었다.

"휘페르보레아의 명계에서도 비슷한 걸 했다가 실패했지만…. 그때도 이렇게 해야 했어."

큰소리치는 렌의 등 뒤에는 여신 네메시스의 환영이 꼭 붙어 있었다.

아이스블루의 머리를 길게 늘어뜨린 채 절세의 미모를 가면으로 가리고 있는 네메시스. 몸에 걸친 진홍색 드레스와 순백의 날개는 그 어떤 천사 못지않게 청아했다.

전투가 시작된 지 10분도 지나지 않았다.

하지만 일찌감치 200마리 이상의 '짐승'을 말살했다.

「로쿠하라 렌, 이 약은 녀석! 그렇다면 상대해 주마!」

"이런. 그쪽도 본격적으로 나오는 건가."

드래곤 한 마리가 힘차게 날갯짓하더니 렌을 향해 날아왔다.

게다가 그 거구는 타닥타닥 튀는 불꽃을 두른 채 전광과도 같은 신속으로 도달했다. 그렇다. 도망치는 것에 일가견이 있는 로쿠하라 렌과 똑같은 속도였다.

아테나는 부하에게 '신속'을 내려 진심으로 렌의 숨통을 끊고자 나선 것이다.

마침 렌은 가볍게 도약한 직후였다. 바로 정면에서 날아온 천사형 거인의 주먹을 피하기 위해.

이대로 점프의 정점에 달했을 때, 드래곤의 앞발에 맞을 것이다.

그리고 날카로운 발톱에 갈가리 찢길 것이다. 그러나 렌은… 시간을 조종했다. 신속으로 도약한 자신의 이동 속도를 반으로 떨어뜨린 것이다.

샤악!

드래곤의 발톱이 허공을 갈랐다.

원래라면 로쿠하라 렌이 있어야 했을 그 공간을 전력으로 갈랐다.

“빠르기만 했다면 좋은 표적이 됐겠지만! 부탁할게, 네메시스 씨!”

렌은 등 뒤에 꼭 붙어 있던 여신의 환영을 향해 소리쳤다.

그 찰나, 신속으로 날아온 드래곤이 대지에 추락했다. 《인과응보》가 내려져 몸속에 있는 심장이 찢긴 것이다. 자신이 강하게 내찌른 발톱의 일격을 받고.

렌은 씨익 웃었다.

A지점에서 B지점까지의 이동 시간을 단축하는 것이 신속.

그렇다면 걸리는 시간을 몇 배로 만들면 된다. 원래라면 1초 만에 도달하는 곳에 30초 이상 걸리면 공격하는 측의 혼란은 엄청날 것이다.

완급은 자유자재. 빠르기만 한 것이 아니라 그 반대도 훌륭하게 컨트롤했다.

일대일이라면 우선 패배할 수 없는 어드밴티지였다.

단, 대여신 아테나로부터 천둥의 힘을 받은 드래곤은 한 마리로 끝나지 않았고, 금세 아홉 마리로 늘어나 버렸다.

천둥과 불꽃을 두른 용들이 신속으로 렌을 향해 쇄도했다.

아홉 마리의 맹공이었다. 발톱. 발톱. 꼬리를 휘둘렀다. 몸통박치기를 하고, 물고 늘어지고, 화염을 뿜었다. 그리고 다시 발톱. 물고 늘어지더니 다시 발톱….

렌은 완급을 자유자재로 조절하며 그 모든 공격을 피했다.

동시에 신속이 주어진 용들의 심장에 카운터를 먹였다.

전부 절명하여 먼지로 변했다. 완전 승리. 하지만 전광을 두른 '짐승' 아홉 마리가 번개와 같은 속도로 또다시 렌을 덮쳤다!

역시 숫자의 차이가 너무 크다.

한 번이라도 회피에 실패하면 렌은 그 순간 갈기갈기 찢길 것이다.

그에 반해 아테나는 얼마든지 말을 쓰고 버릴 수 있다. 로쿠하라 렌의 실패를 천천히 기다리기만 하면 되는 것이다.

…그러나 여기서 버티지 못하면 '미끼'의 역할을 다하지 못한다!

"뭐, 아테나도 속도 위반의 부하들을 무제한으로는 만들어 내지 못하는 것 같고…. 할 수 있는 데까지 해 보자!"

렌은 대담하게 웃으며 자신을 질타했다.

"오늘따라 로쿠하라 씨의 움직임이 참 잽싸네요… 아니지."

멀리서 분투하는 파트너의 모습을 리오나는 떨어져 있어도 살필 수 있었다.

그와 권속의 인연으로 묶여 있기 때문이다. 하지만 오늘은 그야말로 일기당천. 지금까지와 어딘가 달랐다. 이미 '컨디션이 좋다', '동작이 날쌔다' 정도의 단계가 아니다.

"로쿠하라 씨**도** 파워 업했군요…."

"그래서 리오나 씨. 이쪽 분들은 어떤가요?"

아이샤가 걱정스러운 듯이 물었다.

더는 네글리제 차림이 아니었다. 해저에서 끌어올려 물기를 말린 꽃무늬 원피스 위에 파란색 히잡, 무슬림 여성들이 두르는 베일을 써서 머리를 가리고 있었다.

하지만 좋은 대답은 할 수 없었다. 리오나는 한숨을 내쉬었다.

"글렀어요. 역시 대여신이 건 석화 저주. 저의 주술로도 쉽게 풀 수 없겠네요. 시간을 들여도 과연 풀 수 있을지 어떨지…."

"그럴 수가…."

두 여자는 몰래 아테나의 섬에 잠입한 상태였다. 그것도 로쿠하라 렌이 상륙한 쪽과는 대각선에 있는, 사람 형상을 한 석상이 주르륵 세워진 일각에.

거하게 날뛰는 주인님을 '미끼'로 세운 잠입극이었다.

그 《구세의 신도》는 다 해진 천으로 도신을 감고 끈으로 둘둘 말아 아이샤의 등에 짊어지고 있었다. 리오나는 《하얀 여왕》이 변화한 장창을 지팡이 대신 손에 들고 있다.

그리고 겨우 재회했는데.

"줄리오도 카산드라 왕녀님도… 치료는 불가능한 것 같네요."

리오나는 어깨를 떨구었다.

원래는 인간이었던 것처럼 보이는 석상이 수십 개. 그리고 조금 떨어진 곳에 두 동료와 똑같이 생긴 석상이 서 있었다.

카산드라 왕녀는 용맹한 얼굴로 발을 내딛는 포즈였다.

줄리오는 그 뒤에 가만히 서 있었다. 그답지 않은 고뇌에 찬 표정으로.

동료들을 발견하자 리오나는 두 사람의 석상에 영부를 붙였다. 더더욱 진화를 이룬 야타가라스의 화신으로서 혼신의 힘을 다해 《해주(解呪)》에 들어갔는데….

왕녀와 귀공자는 아직도 돌로 변한 채.

"두 사람을 구출하면 왕녀님에게서 예언에 대해 자세히 들을 수 있을 텐데…."

"리오나 씨, 이, 이쪽에도 괴물이 왔어요!"

낙담할 틈도 없는 듯했다.

리오나는 아이샤가 가리키는 방향을 올려다보았다.

눈치 빠른 드래곤 한 마리가 이쪽을 향해 엄청난 기세로 날아왔다. 눈에 사납게 핏발을 세운 채 투지에 불타 있었다.

…야타가라스로 변신해 반격할까? 리오나는 주저했다.

그러면 무조건 난투에 휘말려 버릴 것이다. 자신과 아이샤는 조사대. 전투에 참가해선 안 된다. 하지만 몸을 지키기 위해서는….

하지만 불과 몇 초 사이에 신살자 소녀가 하늘을 향해 소리쳤다.

"저, 저희를 도와주실 분 어디 안 계세요?!"

"아이샤 씨?! 여긴 적밖에 없어요!"

드래곤이 하늘에서 내려서선 커다란 턱을 벌렸다.

화염의 숨을 토해 낼 생각인지, 목구멍에서 불꽃이 언뜻 보였다.

그때, **다른 드래곤**이 옆에서 날아왔다. 두 사람을 노리는 동료의 목을 물어뜯어 동족끼리 전투를 벌이기 시작한 것이다!

리오나는 놀라 말을 잃었다.

"어, 어째서?"

"감사해요! 아, 다른 여러분도 괜찮다면 저희를 도와주세요!"

또다시 아이샤는 하늘을 향해 외쳤다.

그러자마자 수많은 '짐승'들이 연달아 포효하기 시작했다. 신살자의 부추김에 호응하듯이 씩씩하고 굵직한 목소리로.

쿠오오오오오오오오오오오오오! 쿠오오오오오오오오오오오오오!

쿠오! 쿠오! 쿠오! 쿠오! 쿠오!

그리고 동료 간의 싸움은 커져 갔다.

섬에 모인 종말의 '짐승' 군단. 그 40퍼센트 정도가 난데없이 동료 거수에게 공격을 당하기 시작한 것이다. 그 이빨로, 발톱으로, 주먹으로, 거구로.

지금까지 고군분투하는 로쿠하라 렌에게 달려들 기회를 노리던 녀석들이!

바다와 하늘과 대지 이곳저곳에서 무리 간의 싸움으로 피보라가 일었다. 어떤 의미로는 최종 전쟁에 걸맞은 처참한 광경이었다.

"…혹시 아이샤 씨의 권능인가요?"

"아, 네. 저에겐 많은 친구가 생기는 힘이 있답니다. 다들 아주 친절하게 '부탁'을 들어주세요."

리오나는 방긋 미소 짓는 여마왕에게 곧바로 말했다.

"그거, 두리뭉실하게 얘기하고 있지만, 요컨대 '집단 세뇌'라는 위험한 권능 아닌가요?! 하지만 지금은 감사할 따름이에요. 마음껏 해 주세요!"

생각지 못한 행운이 된 신살자 아이샤의 존재.

여신 아테나의 권속마저도 절반 가까이 빼앗았다. 보통의 인간이 상대라면 몇 만 명이 있든 지배하에 둘 수 있지 않을까?

'자칫하면 나라 하나를 통째로 아이샤 씨의 것으로 만들 수 있겠어….'

그녀가 봉인되어 있던 이유 중 하나를 어렴풋이 깨달으면서 리오나는 "때가 때인 만큼 뭐든 좋아요!"라고 급하게 태도를 바꾸었다.

「……흠.」

천공에 떠 있는 아테나의 두 눈.

여신은 시원하게 찢어진 눈을 가늘게 뜨고 생각에 잠겨 있는 것 같았다.

「로쿠하라 렌도 그렇고, 묻어 버린 신살자가 또다시 땅을 뚫고 나왔구나. 이렇게 된 바에는 또다시 재액의 문을 열어야 할지도 모르겠군….」

하늘에 여신의 목소리가 음산하게 차올라, 장엄하게 울려 퍼졌다.

「지금이야말로 열려라, 종말의 그릇이여…. 온갖 해악과 재해를 지상에 가져오거라.」

"그 아이템이군!"

리오나는 재빨리 파란 제비로 변신했다.

아테나의 섬 전체를 내려다볼 수 있는 높이까지 올라가서 사태를 지켜보았다.

온통 바위뿐인 섬. 그 중심, 고르곤의 각인이 새겨진 주변에 '구멍'이 뻥 뚫렸다. 직경 4, 50미터는 될 법한 심연이었다.

거대한 구멍에서 안개와 같은 기체가 모락모락 솟아오르기 시작했다.

"으으. 역시 저거, 너무 꺼림칙해…."

리오나는 공중에 퍼지는 안개로부터 네거티브한 상념과도 같은 무언가를 느꼈다.

분노. 증오. 슬픔. 원한. 질투. 아무튼 악의로 가득 찬 공기였다. 그러나 이윽고 부(負)의 기체라고 할 만한 안개는 산산이 흩어져….

그 하나하나가 '짐승'으로 변하기 시작했다.

드래곤을 중심으로 한 종말의 군단. 아테나는 그것을 **늘려 나간 것**이다.

이번에 탄생한 숫자도 천 마리 정도는 되어 보였다.

로쿠하라 렌은 아직도 신속을 발동해 뛰어다니면서 '짐승'과 교차할 때마다 그들을 순식간에 해치워 나갔다. 고작 1분 동안 십여 마리를 찢어발길 때도 있었다.

하지만 파트너인 리오나는 알 수 있었다.

체력과 주력, 무엇보다 신속을 섬세하게 제어하기 위한 집중력이 한계에 가까웠다.

신살자 아이샤의 '세뇌'로 새로운 군단을 어느 정도까지 빼앗을 수 있을지도 불투명하다. 그리고 무엇보다 문제는….

"큰일이에요! 정체불명의 슈퍼 아이템 《종말의 그릇》을 아테나가 이 섬의 대지와 일체화시켜 버렸어요!"

동료의 곁으로 내려가자마자 리오나는 제비에서 소녀의 모습으로 돌아왔다.

섬 전체에서 '짐승'들끼리의 전투가 한창 펼쳐지는 가운데, 신살자 마녀 주변만은 조용했다.

인간이었던 석상의 무리 곁으로 이동해 있던 아이샤는 고개를 갸웃거렸다.

"이, 일체화? 무슨 뜻인가요?"

"대지와 하나가 된 이상, 빼앗기는커녕 움직일 수도 없어요. 현지 조사도 찬찬히 할 수 없으니 지금은 일단 철수했다가 작전을 다시 짤 수밖에…."

"아뇨, 리오나 님."

난데없이 그리운 목소리가 자신을 불렀다.

"지금은 물러나선 안 돼요. 저 밑에야말로 '희망'이 남겨져 있어요."

"카산드라 왕녀님?!"

리오나는 소스라치게 놀라 뒤를 돌아보았다.

어느새 트로이 왕가의 예언자가 등 뒤에 있었던 것이다. 돌의 주박을 풀고 아름다운 공주의 모습으로 돌아온 그녀가.

늠름한 왕녀의 옆에는 역시 인간으로 돌아온 줄리오도 있었다.

"지금이 승부가 결정될 중요한 국면인 것 같아. 많이 늦었지만, 나도 힘을 빌려줄게."

평소처럼 침착하고 냉정한 결사 캄피오네스의 총수는 비록 후줄근한 모습이었지만 조용한 투지가 넘치고 있었다.

신역의 캄피오네스

## 제 5 장 chapter 5 마지막 희망…?

1

적의 급소에 직통으로《인과응보》.

네메시스의 빠른 발을 쓰는 데 있어서도 그저 고속 이동을 할 뿐만 아니라 완급까지 조종해 움직임을 자유자재로 변환하면서 상대를 현혹시켰다.

정의의 여신 네메시스로부터 렌이 빼앗은 권능《인과응보》.

여태껏 생각지도 못했던 응용법의 이미지가 머리에서 연달아 떠올랐고, 몸은 그것을 쉽사리 재현해 버렸다.

덕분에 600마리 이상 되는 '짐승'을 찢어발긴 지금도 상처 하나 입지 않았다.

'나, 어째선지 힘이 없어.'

이제서야 렌도 자각했다.

…정면에서 드래곤의 턱이 육박했다. 렌은 가볍게 점프한 다음 7, 8미터 정도 훌쩍 뛰어올라 그것을 피했다. 렌이 물어뜯은 드래곤은 바로 눈 아래에서 쓰러져 먼지가 되었다.

그러나 가능하다고 해서 높이 뛰는 경솔한 짓은 위험했다.

날개가 없는 이상 그저 기세에 몸을 맡겨 공중으로 뛰었다간 최고점에 달한 후엔 떨어질 뿐이니까. 그동안에는 완전히 무방비해진다.

실제로 떨어지는 렌을 향해 드래곤이 급접근해 왔다.

그것도 전광에 휘감긴, 아테나에게 신속 능력을 받은 한 마리가. 번개와 같은 속도로 날아다니는 로쿠하라 렌에게도 스피드로 뒤지지 않는 '짐승'은 공중에서 렌을 바짝 따라잡아 몸통을 물어뜯으려 했다.

하지만 렌은 이미지했다. 감속. 감속. 감속. 감속.

스피드 다운. 이미 로쿠하라 렌은 더 이상 신속을 발동시키지 않았다. 다른 사람의 눈에는 공중에서 딱 정지한 것처럼 보일 것이다. 실은 1초 동안 1센티미터씩 땅으로 떨어지고 있었지만.

이 급정지로 인해 신속의 '짐승'은 표적을 잃었다.

전광을 휘감은 드래곤이 공기를 물었다. 렌은 또다시 가속했다. 그리고 용의 콧등에 착지한 후, 그곳을 발판 삼아 또다시 점프했다.

이번에야말로 무사히 단단한 땅 위에 내려섰다.

함께 추락한 것은 방금 전 렌을 덮친 신속 용의 시체였다.

여기서 굳이 멈춰 선 렌. 곧바로 세 방향에서 화염이 쏟아졌다. 드래곤 세 마리가 날아와 일제히 입에서 불꽃을 내뿜은 것이다.

렌의 발이라면 물론 순식간에 10미터 앞의 안전 범위 내로 피할 수 있었다.

도망친 렌의 등 뒤에서 홍련의 화염이 소용돌이치더니, 낙하한 드래곤 세 마리가 땅에 격돌했다. 그들의 몸 안에서는 심장 혹은 핵이 불타고 있을 것이다.

하늘 높은 곳에 나타난 아테나의 두 눈은 흥미로운 듯이 가늘어졌다.

「훌륭한 전투였다. 하나 슬슬 숨이 차오른 것 같구나.」

“몸이 따뜻해져서 그래. 나, 워밍업엔 꽤 시간을 들이는 사람이라 지금이 딱 좋아.”

허억, 허억, 허억, 허억.

산소가 부족해 숨이 조금 가빴다. 종종 심장도 쿵쿵 뛰어 심박수도 올라갔다. 땀을 꽤 흘리고 있었다.

이 상태가 계속됐다간 갑자기 체력의 한계가 올 것이다….

운동선수 출신인 렌은 경험상 그것을 잘 알고 있었다.

게다가 자취를 감춘 아테나는 군단에게 명령했다. 여왕다운 우아한 목소리로.

「홀로 잘 싸우고 있군…. 다들 신살자를 조금 쉬게 해 주거라.」

“우와. 이번에는 역시 참 짓궂네.”

렌은 저도 모르게 작은 목소리로 중얼거렸다.

이런 때는 계속 움직이는 편이 컨디션을 유지하기 쉽다. 이 상태로 쉬면 긴장이 풀려 피로가 한꺼번에 몰려온다.

그리고 총대장의 지령대로 ‘짐승’들은 공격을 중단했다.

렌의 주위에 모여 있던 수백 마리의 ‘짐승’들이 하늘과 대지 이곳저곳에서 사나운 시선과 살기를 보내왔지만, 아무도 렌을 공격하지 않았다.

또한 이 포위망 밖에서는 ‘짐승’끼리 서로 죽고 죽이는 싸움이 아직 이어지고 있었다.

동지들 간의 난투에 참가한 녀석들도 아마 수백 마리 정도 될 것이다. 그중 거의 절반이 아이샤 양의 권능에 의해 아군이 된 거수들이었다.

양 진영은 얼마 전까지 같은 편이었던 서로를 주저 없이 덮치고 찢어발기고 물어뜯었다.

그야말로 피로 피를 씻는 항쟁이었다.

그런 싸움터에서 로쿠하라 렌에게는 죽음의 카운트다운과도 같은 휴식이 주어졌다.

허억, 허억, 허억, 허억…. 좀처럼 호흡이 진정되지 않았다. 역시 슬슬 한계가 가까운 것일까….

'로쿠하라 씨!'

'기다리고 있었어. 되도록 좋은 소식이라면 좋겠네.'

리오나가 보낸 사념을 농담으로 받아칠 정도의 여유는 아직 있었다. 하지만 파트너는 몹시 매정하게 대답했다.

'그럼 나쁜 소식부터. 조금만 더 '미끼'로 있어 주세요.'

'어이쿠. 그건 내가 슬슬 위험할 것 같은데.'

'어쩔 수 없어요. 카산드라 왕녀님의 요청이니까요.'

'뭐…?'

'줄리오도 '지금이 승부가 결정될 중요한 국면'이라고 했어요. 로쿠하라 씨에게 원군을 보낼 거래요.'

'요컨대 둘 다 무사히 구출한 거야?!'

숨을 헐떡이던 몸에 활력을 불어넣는 기쁜 소식.

렌은 씨익 미소를 짓고 나서 하늘에 떠 있는 아테나의 두 눈을 도발하듯이 쳐다보았다.

"돌로 변한 줄리오와 왕녀님이 이렇게 쉽게 회복할 줄이야…."

그렇게 중얼거린 리오나는 방긋 웃는 아이샤를 노려보았다.

"치유의 권능. 그것도 신살자 님의 초강력한 힘을 갖고 있다면 빨리 말씀해 주셨어야죠! 그럼 이렇게 마음고생도 안 했을 텐데!"

"죄송해요~ 저도 여신의 주박을 풀 자신이 없었거든요~"

아이샤는 말은 그렇게 하면서도 얼버무리듯이 웃었다.

불안과 속앓이 때문에 생기는 위통 같은 것과는 영원히 인연이 없을 것이다. 눈앞에 있는 이 사람은 다원우주에서도 손꼽히는 트릭스터임을 리오나는 통감했다.

소지한 권능도 《행운의 은총》, 《집단 세뇌》, 《만능 치유》. 어마어마하기 짝이 없었다.

"정말이지, 캄피오네스의 시조님이 말씀하신 대로 팔푼테 같은 사람이네요…."

"그러게 말이야."

그 말을 남긴 인물의 자손 줄리오 브란델리가 리오나의 말에 동의했다.

"하지만 잠자는 공주님이 우리에게 가져다 준 신도는, 엄청난 선물이야. 이로써 기회가 보이기 시작했어."

줄리오는 두 개의 무구를 대지에 꽂아 세웠다.

그의 수호자 《하얀 여왕》이 변화한 장창. 그리고 《구세의 신도》. 마왕을 말살할 용자에게 내려지는 검이라고 한다.

"그러고 보니 줄리오의 선조도 신살자 님이셨죠…."

"응. 이 신도에 대해서는 결사 캄피오네스가 대대로 보존해 온

마도서에 관련된 기록이 있어. …군신 아레스와 영웅 아킬레우스처럼 '철검'과 깊은 인연을 가진 신들이 있지. 그 대부분은 남자였고, 정복자이기도 했어. 그들은 이른바 강철의 영웅… 그중에서도 최고의 격을 가진 자에게만 《구세의 신도》를 휘두를 수 있는 자격이 있었다고 해….”

줄리오는 여왕의 창을 뽑아 들었다.

촉에는 금이 갔고, 창날 여기저기 이가 빠지고, 생채기투성이였다.

그에 반해 세계를 구할 신도는 상처 하나 없었으며, 청렬한 백금색 광휘가 넘쳐흐르고 있었다. 줄리오는 그 신성한 도신에 창끝을 슬쩍 가져다 댔다.

“실은 말이지, **우리의 여왕**에게도 '자격'이 있어.”

“네? 그분, 대체 뭐 하시는 분이세요?”

놀라는 리오나. 줄리오는 어디까지나 차분하게, 하지만 힘 있게 대답했다.

“…사람은 아니야. 신, 그것도 사나운 군신이지. 그리스 신화에서 《아마존》이라는 이름으로 전해지는 여전사의 나라를 통치하던 여왕! 말과 창과 기사를 관장하는 여신, 그것이 그녀의 정체야!”

“어머나, 아마존?! 저희 트로이의 맹우이시군요!”

같은 신화의 주민인 카산드라가 감탄을 금치 못했다.

모두가 지켜보는 앞에서 신도와 장창, 두 칼의 날이 접촉하더니… 나란히 빛에 감싸였다. 눈부시게 깨끗한 하얀 빛이었다.

그리고 두 개의 무기는 '하나'가 되었다.

생채기투성이었던 장창. 그 창끝이 《구세의 신도》의 도신으로 바뀌었다. 이 빠진 부분 하나 없이 완전무결한 명검이었다.

손도끼와도 비슷한 두껍고, 백금색 빛이 깃든 양날.

줄리오는 새로 태어난 장창을 크게 휘두르더니, 창 날리기의 요령으로 하늘을 향해 던졌다.

"정말인지 거짓인지 모르지만, 구세의 검은 엑스칼리버 전승의 기원이 됐다고 하는 설도 있어! 그 힘을 받고 실컷 날뛰다가 와라, 여왕!"

「나에게 맡기거라, 사랑스러운 아이여!」

하늘을 가르는 장창에서 늠름한 《하얀 여왕》의 목소리가 울려 퍼졌다.

쿠우우우우우우웅!

창은 흡사 벼락과 같은 굉음을 울리면서 날아갔다.

세계 종말 직후, 여왕은 피폐해진 모습으로 리오나의 앞에 나타났다. 하지만 지금은 《구세의 신창(神槍)》이란 이름이 어울릴 만큼 어마어마한 신기가 넘치고 있었다.

하나가 된 신도에서 활력을 나눠 받은 것이다.

번개처럼 날아간 신창은 알아볼 수 없을 만큼 빠른 속도로 로쿠하라 렌을 포위한 '짐승'들의 곁으로 도달해 연달아 꿰뚫었다.

종말의 '짐승'들… 드래곤, 천사, 베헤모스들의 급소를.

창끝이 닿자마자 '짐승'들의 커다란 몸에 바람구멍이 뚫렸다. 몸통, 목, 가슴, 아무튼 닥치는 대로 찌르고 관통했다.

한 마리를 죽이면 곧바로 또 한 마리가 달려들기 때문에 계속 지그재그로 날았다.

고작 2, 3분 만에 수십 마리의 '짐승'을 무찔렀다. 리오나는 감탄을 넘어 반쯤 질색을 하고 말았다.

"저건 완전히 폭주한 '짐승의 창'이나 마찬가지네요!"

"구세의 검을 쓸 수 있는 자는 모두 시조 체사레를 궁지에 몰아넣은 강적이었나 봐. 오히려 난 저렇게 날뛰는 모습을 보니 납득이 되는걸?"

줄리오가 코멘트하는 옆에서 카산드라가 리오나를 재촉했다.

"자, 리오나 님! 지금이에요!"

역시 무인 가문 출신다운 트로이 왕녀는 싸움의 기회에 민감했다.

날아다니는 신창이라는 원군을 얻었으니 주인님의 부담도 줄어들 것이다. 리오나는 드디어 야타가라스로 변신한 후, 자줏빛과 푸른색이 섞인 하늘로 날아 올라갔다.

"**그 녀석**의 안을 보도록 하죠!"

그러더니 금색 날개를 펄럭이며 대지로 뛰어들었다.

정확히 말하면 대지와 일체화되어 입을 벌린 신구《종말의 그릇》, 그 내부로….

"크으으으으윽! 엄청나게 소름 끼치는 곳이네요!"

그릇 안에는 뿌연 회색 기체가 충만했다.

야타가라스로 변한 리오나의 시야가 어두워졌다.

《종말의 그릇》 안은 광대했다. 단, 회색 연기가 자욱하게 끼어 있을 뿐이라 넓은 공간을 낭비하는 감이 없지 않아 있었다.

리오나는 최심부를 향해 똑바로 날아갔다.

그뿐이었다. 그런데도 몹시 피곤했다. 이 회색 기체에는 '악의 기운'이 넘쳐흘렀다. 증오. 질투. 분노. 불행. 뜻밖의 죽음. 병. 재액. 절망….

철철 넘치는 불길함과의 접촉이 영조 야타가라스에게도 꽤나 부담이 되었다.

"불과 태양의 비사여, 모든 추악한 죄를 씻어 내고 퇴치하거라!"

야타가라스의 온몸에서 황금색 빛이 용솟음쳤다.

태양의 정령으로서 '양기'로 몸을 감싸 부(負)의 오라를 물리쳤다. 그리고 마침내 최심부에 이르렀다.

"뭔가 그럴 듯한 걸 찾았어!"

바닥에서 타원형의 달걀과 비슷한 물체가 희미하게 빛나고 있었다.

단, 빛이라곤 해도 꽤나 탁하고 칙칙했다. 카산드라 왕녀가

'아무튼 바닥에 있는 무언가를 가져오세요!'라고 애타게 외쳤던 바로 그것일 것이다.

리오나는 염력을 발동해 달걀 모양의 물체를 끌어당겼다.

야타가라스의 깃털 속으로 회수한 후, 전속력으로 쭉 올라갔다. 탁한 회색 공간에서 1초라도 빨리 탈출하기 위해….

천장에 뚫린 구멍이 《종말의 그릇》의 출입구.

야타가라스는 그곳으로 뛰쳐나가 간신히 지상의 하늘로 날아 돌아갔다.

"미션 완료예요! 여러분, 철수하세요!"

아테나의 섬 하늘에 리오나의 목소리가 메아리쳤다.

슬슬 주인님도 정말로 한계에 달했을 것이다. 더 이상 이곳에 머물 필요가 없다.

## 2

「놓쳤군….」

아테나의 미성이 자줏빛과 푸른색으로 물든 하늘에 울려 퍼졌다.

직접 만든 섬 위에 대여신의 두 눈만이 떠 있는 채로 줄곧 새벽녘의 시간이 계속되는 신세계를 둘러보고 있었다.

눈 아래에 있는 섬에서는 수백 마리나 되는 '짐승'들의 무리가 쉬고 있었다.

로쿠하라 렌과 신살자 아이샤 일당은 이미 없었다. 역시 네메시스의 발과 금색 영조를 데리고 있는 무리답게 잽싸게 아테나의 거점에서 달아났다.

추격자를 보내 봤자 아무 의미 없을 것이다.

그리고 그들은《종말의 그릇》에서 무언가를 빼앗아 갔다….

「…역시 내가 직접 토벌해야 하겠구나. 새로운 세계의 여명이 드디어 찾아오는데, 귀찮게 됐군.」

아테나의 영감이 경고하고 있었다.

빼앗긴 것을 파괴하고, 신살자들을 섬멸하지 않으면 위험할 것이라고.

다행히 세계의 신생도 거의 끝나 가고 있었다. 다음 단계에 대비해 얌전히 쉬고 있던 아테나의 육체도 서서히….

「가자, 나의 군단이여.」

자줏빛과 푸른색으로 물든 하늘에서 여신의 두 눈이 사라졌다.

대신에 소녀의 모습을 한 뱀 머리카락의 아테나가 드디어 나타났다. 침상으로 쓰던 섬의 중심, 그곳에 새겨진 요녀 고르곤의 각인 바로 위에.

마침내 실체가 부활한 아테나는 서쪽을 가리켰다.

"이 바다 저편이 마지막 전쟁터가 될 것이다. 종말을 부르는

'짐승'의 무리여, 나와 함께 가자. 새로운 세계를 구축하는 주춧돌이 되어 그 위에서 죽거라."

무자비하고 불요불굴한 여왕의 훈시.

섬에 자리잡고 있던 '짐승'들은 그것에 화답하듯이 잇달아 사납게 포효했다.

"쿠오오오오오오오오오오오오오오오! 쿠오오오오오오오오오오오오오오! 쿠오오오오오오오오오오오오오오! 쿠오오오오오오오오오오오오오오!"

울려 퍼지는 포효를 기분 좋게 들으면서.

아테나는 어린 몸을 공중에 둥실 띄웠다. 전군을 통솔하는 수장으로서 선두를 날며 거수 군단과 함께 적지를 급습하기 위해.

"날이 완전히 밝기 전에 승부를 내도록 하자, 신살자들아!"

아테나의 섬에서 허둥지둥 탈출한 뒤….

로쿠하라 렌과 동료들은 야타가라스의 날개를 타고 베이스 캠프를 설치한 작은 섬으로 간신히 귀환했다.

당연히 진정이 되면 이런 장면도 있기 마련.

섬의 해변가에 도착하자마자 감동한 나머지 눈물을 글썽인 카산드라가 렌에게 달려든 것이다.

"렌 님, 뵙고 싶었어요!"

"나도. 또다시 너와 만나서 기…."

"자아, 자! 감동의 재회도 좋지만, 지금은 비상시니까요!"

두 사람의 포옹에 찬물을 끼얹은 것은 매서운 눈초리를 한 리오나였다.

렌과 카산드라는 외국 드라마에 나오는 커플처럼 재회의 키스를 나누려 할 기세였기 때문에 주문도 하나 추가했다.

"껴안고 닭살 짓을 하는 건 그쯤 해 두세요, 주인님!"

"어머나. 리오나 님도 참."

마지못해 렌에게서 몸을 뗀 카산드라는 불만스러운 듯이 중얼거렸다.

"여태껏 렌 님을 독차지하고 계셨으면서…."

"왕녀님도 그런 억지 추측은 하지 말아 주시겠어요? 저, 저와 로쿠하라 씨가 아무리 단둘이 있었다곤 해도 무슨 일이 생길 리가 없잖아요!"

"그러니까 '하룻밤의 실수' 같은 건 아니었다는 말씀이죠?"

차분하게 받아치지 못하는 리오나. 한 수 위인 트로이 왕녀.

그리고 렌으로 말할 것 같으면 고개를 끄덕거리고 있었다.

"맞아. 나도 그렇게 가볍게 노는 건 꽤 옛날에 졸업했어. 역시 마음이 동반되는 관계가 아니면 안 돼. 그렇지, 리오나?"

"거, 거기서 왜 저한테 화제를 돌리시는 거예요!"

"? 미안하지만 렌. 지금 너희가 하는 얘기, 난 이해를 잘 못 하겠어."

줄리오가 홀로 의아한 표정을 지은 채 말했다.

“렌과 리오나 사이에 연애 감정이 생기지 않았다면 논리적으로 설명이 되지 않는 부분이 몇 가지 있는걸. 하지만 그런 건 미래 영겁 있을 리가 없는 데다….”

“아니, 아니, 줄리오. 인간과 인간 사이는 뭐가 어떻게 될지 모르는 법.”

“로쿠하라 씨도 제발 쓸데없는 소리 하지 마세요!”

참 떠들썩한 동료 간의 대화.

그 중심에 있는 렌의 왼쪽 어깨에 반가운 소녀신이 느닷없이 나타났다. 신장 30센티미터인 스텔라였다.

미와 사랑의 여신은 거만하게 다리를 꼬더니, 렌의 어깨에서 한마디 했다.

“…상황이 그래도 조금은 나아진 것 같네.”

“어머나, 어머나?! 어쩜 이리 귀여울까!”

지금까지 티격태격하는 렌 일행을 흐뭇하게 지켜보던 아이샤는 렌의 옆까지 바짝 다가와선 인형 사이즈의 스텔라에게 뜨거운 시선을 보냈다.

“로쿠하라 씨에게 이렇게 작은 일행이 있었다니! 저기, 저는 당신의 주인님을 사랑과 용기로 도와드린 아이샤라고 해요!”

“아~ 그래, 그래. 뭐, 너도 신살자인 것 같으니 기대할게.”

“으으. 그 쌀쌀맞은 느낌이 오히려 좋아요!”

아이샤는 스텔라의 냉랭한 태도가 신경 쓰이지 않는 듯했다.

의외로 냉담하게 대하는 상대를 만날 기회가 많았을지도 모른다. 아무튼 렌은 겨우 재회한 분신에게 말을 걸었다.

"스텔라도 기운을 차린 것 같아서 안심했어."

"시간이 많이 걸렸지만, 그런대로 괜찮아."

렌의 왼쪽 어깨에 앉은 스텔라는 어깨를 움츠리고 나선.

얼굴을 살짝 찌푸리며 속닥속닥 귓속말로 말했다.

"그동안 렌 너는 새 아가씨를 상대로 꽤 놀았던 것 같지만…."

"하하하하. 뭐 어때? 나와 스텔라, 그리고 리오나와 카산드라도 같은 배를 탄 승조원이나 다름없잖아."

"그런 렌에게 뭐라고 한마디 할 수 없는 나의 과거가 참 원망스럽네…."

스텔라는 한숨을 푹 쉬고 나선 휙 사라졌다.

그러더니 이번에는 땅에 나타났다. 모래사장 위. 그곳에는 마침 아테나의 섬에서 가져온 전리품이 놓여 있었다.

스텔라보다 크기가 몇 배나 되는 달걀 모양의 물체….

칙칙한 심홍색 물체는 어렴풋이 빛나고 있었다. 신구《종말의 그릇》에서 회수했다. 스텔라는 그 매끈한 표면을 콩콩 두드렸다.

"그래서… 왜 이런 게 '희망'이 되는 거야?"

"아, 네. 실은 저도… 자세한 건 몰라요."

카산드라가 머뭇거리며 고백했다.

"줄리오 님과 얘기를 나눴을 때 느꼈어요. 그 그릇의 바닥에 가라앉아 있는 물건이 마지막 희망이 될 것이란 것을, 어렴풋이…."

"그, 그러고 보니 왕녀님, 저한테 말씀하셨죠."

리오나가 약간 당혹스러워하면서 말했다.

"무언가가 바닥에 있을 테니 가져오라고, 아주 애매하게…. 예언할 때 아폴론의 저주가 발동하기 때문인 줄 알았어요."

"죄송해요…."

어쩔 줄 모르며 사과하는 카산드라.

이미 리오나가 확인하고, 렌과 아이샤도 만져 보고, 두드려 보고, 공중에 들어 올려 보기도 했지만, '수수께끼의 알'은 아무런 반응도 보이지 않았다.

멤버들 가운데 제일가는 브레인, 토바 리오나는 생각에 잠긴 얼굴로 중얼거렸다.

"으음. 어떻게 쓰는 물건인지 힌트라도 알면 좋을 텐데 말이죠. 적어도 그 《종말의 그릇》이 어떤 사정을 가진 신구인지를 알면… 어떤 신, 어떤 신화에 유래하는 물건인지…."

"안 돼, 생각하고 있을 시간이 없어! 동쪽 하늘을 봐!"

난데없이 렌의 어깨에 앉은 그의 파트너가 렌 일행에게 경고했다.

곧바로 주위를 두리번두리번 둘러보았다. 어느 쪽이 동쪽인지 금방 알 수 있었다. 그 방향의 수평선 끝에 어느샌가 태양이 얼굴을 내밀고 있었기 때문이다.

황금색 빛의 고리, 그 상단만이 바다 위에 나타나 새벽의 서광을 발하고 있었다!

신세계가 점점 장밋빛으로 물들어 갔다.

줄곧 푸른색과 장밋빛이 뒤섞인 동트기 전의 하늘이었는데.

지금 천공은 아침노을이 피어나며 어느새 장밋빛으로 변해 있었다. 이대로 점점 밝아질 것이다. 얼마 안 있어 완전히 동이 트고 아침이 될 것이다.

스텔라는 절박한 얼굴로 호소했다.

"아침이 오면 드디어 새로운 세계가 시작돼! 그랬다간 너희가 말하는 '개변된 세계를 원래대로 돌리는 것'도 불가능해져. 모든 것이 없어지고 새로워진 현재 상태가 '세계의 현재'로 확정되고 마니까…!"

"아무튼 제한 시간이 가까워졌단 얘기군."

렌은 중얼거렸다.

"천천히 생각하고 있다간 시간에 맞추지 못할 것 같은데, 어때? 리오나?!"

"그러니까 그렇게 쉽게 정답이 나올 리가 없다고요!"

리오나가 머리를 싸쥐고 고민하던 그때. 나지막이 중얼거리는 자가 있었다.

"난 알아."

"네?! 정말인가요, 줄리오?!"

경악하는 리오나를 향해 또 한 명의 브레인은 고개를 끄덕였다.

"옛날 옛적, 인간이 살던 세계에 악의라는 것이 존재하지 않고 참으로 평화로운 이상향이었던 시절의 이야기야. 어느 곳에 아름다운 소녀가 있었지. 신들은 그 소녀에게 상자를 하나 맡겼어. 그것은 온갖 재액을 담은 상자… '절대 열어선 안 된다'는 충고를 받았음에도 불구하고 소녀는 그 상자를 열고 말았어."

줄리오는 난데없이 옛날이야기를 하기 시작했다.

당황하는 다른 멤버들은 개의치 않고 그는 이야기를 계속했다.

"상자에서는 온갖 악과 재앙이 튀어나왔어. 평화로웠던 세계는 금세 고난과 고뇌로 가득한 고통스러운 세계가 되었지. 하지만 상자 바닥에는 아직 '희망'이 남아 있었던 덕분에 인간은 절망하지 않고 살아갈 수 있었던 거야…."

렌조차 들어 본 적 있는 이야기였다. 리오나는 딱 잘라 말했다.

"줄리오. 그거, '판도라의 상자'잖아요."

"응, 맞아"

결사 캄피오네스의 총수는 곧바로 인정했다.

"내가 아는 한, 《종말의 그릇》의 정체에 가장 걸맞은 물건이야."

"하지만 그 그릇은 세계 멸망에 직결되는 아이템이잖아요."

리오나가 중얼거렸다.

"판도라의 상자가 그런 세기말 이벤트와 관련이 있다는 얘기는 전혀 들어 본 적이…."

"아니. 열쇠는 '데우칼리온의 홍수'야. 노아의 방주에 강한 영향을 받은 그리스 신화판의 홍수 전설. 잊은 것 같지만, 판도라는 데우칼리온의 작은어머니이자 장모야."

"아… 그렇구나."

리오나가 납득이 됐다는 듯한 표정을 지으며 놀랐다. 이해한 것 같았다.

줄리오는 강의를 이어 갔다.

"상자를 연 판도라의 남편은 에피메테우스. 현자 프로메테우스의 동생. 그 에피메테우스의 형은 선견지명을 가졌으며, 미래를 예지하는 대현자였지. 인류에게 불의 사용법을 가르쳐 준 것도 프로메테우스가 이룬 위업이었어. 하지만 너무 인간의 편을 드는 바람에 제우스를 시작으로 모든 신에게 탄핵을 당했지."

"현자 프로메테우스의 아들이 데우칼리온! 그는 판도라의 딸을 아내로 맞이했어요!"

줄리오의 이야기에 드디어 리오나가 추임새를 넣었다.

"데우칼리온은 미래를 아는 부친으로부터 '조만간 대홍수가 일어날 것이다'라는 얘기를 듣게 된다. 그래서 방주를 만들어 재해에 대비했다. 판도라의 상자에서부터 데우칼리온의 홍수까지 실은 부모에게서 자식으로 세대 교체되는 정도의 시간밖에 걸리지 않았다. 그런 얘기죠, 줄리오?!"

"응."

줄리오가 고개를 끄덕였다.

"그렇게 생각하면 '판도라의 상자' 때문에 세계가 붕괴되었다고 해석해도 그리 문제는 없을 거야. 그 전까지 재액이란 것이 전혀 존재하지 않았던 이상향이 고작 1세대 만에 신의 노여움을 초래할 만큼 황폐해지고 말았으니까."

두뇌파 두 사람의 신화 고찰.

그렇구나. 그랬던 거구나. 렌은 감탄하며 중얼거렸다.

"얘기를 듣자 하니 '판도라의 상자'도 세계를 개변한 아이템 같네? 천국처럼 평화로웠던 인간계를 그 정도까지 급격하게 바꿔 버렸으니까."

"아… 확실히 그러네요."

예전에 그 화제를 던졌던 리오나가 동의했다.

"그리고 상자에는 희망이 남아 있었다…."

"이 녀석이 우리에게 어떤 희망이 될지… 아무튼 시험해 보자."

모래사장에 놓인 달걀 모양의 물체와 렌은 다시 한번 마주 보았다.

렌은 손을 뻗어 만져 보았다. 아마 키워드로 여겨지는 '판도라'라는 이름을 알게 된 지금이라면 어떻게 될까?

다음 순간, 주위의 풍경이 일변해 있었다.

3

로쿠하라 렌은 어디인지도 모르는 곳에 서 있었다.

지평선 끝까지 회색 공간이 이어져 있다. 그저 그뿐. 렌이 딛고 선 발아래도 회색 평면이었다. 바닥인지 대지인지도 확실하지 않았다.

불과 몇 초 전까지 세계 붕괴 후의 거점인 섬에 있었는데!

동료들도 사라졌다. …아니.

"어째서 아이샤 씨만 같이 있는 거야?"

"아마 우리만 **부름을 받았기** 때문일 거예요. 이 《생과 불사의 경계》에…."

홀로 렌의 옆에 있던 '신살자' 아이샤는 태연했다.

아이샤는 여전히 만사태평한 태도로 반가운 듯 주변을 두리번두리번 둘러보았다. 이 기묘한 공간에도 익숙한 듯했다.

"아이샤 씨, 여긴 어떤 곳이야?"

"현실 세계와는 다른, 영계(靈界) 같은 곳이에요. 원래는 정신이나 영혼뿐인 존재가 되지 않으면 방문할 수 없는 곳이지만, 엄청난 마술사라든가 우리 같은 사람이라면 살아 있는 상태로 올 수 있어요."

우리 같은 사람. 다시 말해, 신을 죽인 자라면.

아이샤는 누군가를 찾는 것처럼 계속 주변을 두리번거렸다.

"이곳에선 특별한 일이 많이 일어난답니다. 예를 들면 불사의 영역에서 신이 친히 찾아와선 천적인 신살자와 대화를 하거나… 아, 역시."

전(前) 잠자는 공주의 시선 끝에 어느샌가 사람이 있었다.

팔걸이와 다리가 황금으로 장식된 의자에 귀부인스러운 여성이 앉아 있었다.

스텔라의 옷과 아주 흡사한 고대풍 의상을 입고, 머리에 쓰는 타입인 베일로 얼굴을 반쯤 가리고 있었다.

"거기 있는 당신들."

베일을 쓴 귀부인이 말을 걸어왔다.

의자에 앉은 모습에는 고양이 같은 우아함이 감돌았으며, 아주 요염하고 아름다웠다. 단, 목소리는 어딘가 앳되었다.

"프로메테우스 형제에 대해서는 어디까지 알고 있나? 티탄 신족의 일원이자, 특히 형은 제우스 님도 인정하시는 걸물이었지. 미래를 내다보는 예언자이며, 게다가 신마저 속이는 예지의 소유자였어."

렌은 난데없이 신화에 대해 이야기하기 시작한 귀부인을 쳐다보았다.

어째선지 가까운 친척과 만난 것 같은 반가움을 느꼈기 때문이다.

“프로메테우스라는 이름, 의미는 ‘먼저 생각하는 자’. 그리고 동생 에피메테우스의 이름은 ‘나중에 생각하는 자’. 형과 달리 앞뒤 생각하지 않고 행동하는 어리석은 자라 여겨졌을 거야. 하지만 실은 그건 **너희**도 마찬가지잖아?”

“나와 아이샤 씨 말이야?”

“그럼 누굴 말하는 거겠어? 조금이라도 똑똑한 인간이라면 신에게 싸움을 걸 생각 따윈 하지 않을 테고, 하물며 신을 시해하는 짓은 더더욱… 너희 신살자는 아주 어리석은 자들만 모였어. 혈연은 없어도 틀림없이 에피메테우스의 계보를 잇고 있을 거야. 말하자면 무지렁이의 사생아라고나 할까?”

툭툭 험담을 늘어놓는 귀부인.

베일로 가려져 있지 않은 입가는 미소를 짓고 있었다. 하지만 렌에게는 그것이 조소와 달리 친애의 정으로부터 비롯된 미소처럼 보였다.

“우연이지만, 나도 인간 세상에선 자주 어리석은 여자의 필두로 여겨지곤 하지. 열어선 안 되는 ‘판도라의 상자’를 연 여자로서! 정말이지, 너무 무례하지 않아? 늘 어리석은 자의 분노와 만행이 세계를 바꾸는데 말이야!”

"역시 판도라 어머니!"

아이샤가 놀랄 만한 호칭으로 귀부인을 불렀다.

동족인 소녀는 깜짝 놀란 렌에게 방긋 미소를 지었다.

"대부분의 신은 우리를 눈엣가시로 여기지만, 여신 판도라는 달라요. 모든 신살자를 지켜보는 어머니로서 마음을 써 주신답니다!"

"그래. 세상이 비웃는 어리석은 자들이 무엇을 할 수 있는지…."

절세의 미모를 자랑하는 판도라는 너스레를 떨며 말했다.

"보여 주지 않으면 직성이 풀리지 않아서 말이지. 그래서 난 나와 동류인 신살자들을 한껏 지원해 주고 있어."

"그래서 어머니라고 부르는구나…."

렌은 감회에 젖어 다시 한번 귀부인을 쳐다보았다.

"나, 판도라 씨는 인간인 줄 알았어."

"옛날 옛적에 아카이아인들은 그렇게 전했던 것 같더군. 판도라는 신이 만든 인간 여자라고 말이지. 하지만 사실은 그렇지 않아. 나 또한 위대한 옛 여신 중 하나. 그걸 후세의 인간들이 '없던 일'로 만들고자 이야기를 바꿨지."

귀부인의 베일이 저절로 날아갔다.

그러자 10대 중반 정도로 보이는 미모가 드러났다. 그러나 어리지만 '여자'로서 완벽하게 성숙한 여유와 색기가 넘쳐흘렀다.

"그 점에선 판도라와 아테나는 같은 경우라고 할 수 있어. 아테나는 고르곤의 뱀 신이었던 과거가 묻히고 제우스의 효녀가 됐지. 그래서 그녀가 나, 판도라에 유래하는 신구를 꺼내 들어도 딱히 간섭할 생각은 없었어. 하지만 지금은 달라."

판도라는 고혹적이기까지 한 미소와 함께 속삭였다.

"후후후후. 난 언제나 귀여운 아이들의 편… 뭐, 직접 싸우는 것도 포기한 겁쟁이라면 가차 없이 버릴 거지만, 신살자 짐승인 너희들이라면 절대 그럴 리가 없으니까. 자, 이 엄마의 도움을 받으렴!"

"고마워, 엄마!"

방금 전에 만난 사이지만 렌은 거리낌 없이 말했다. 그리고 깨달았다.

"엄마와 접촉한 건 상자에서 '희망'을 끌어올린 덕분이야?"

"그래. 아주 훌륭했다. 그걸 어떻게 사용하는지 방법을 가르쳐 줄게. 나머지는 너희 기량에 달렸어. 잘 해 보렴."

엄마 판도라의 오른손에 달걀 모양의 물체가 나타났다.

카산드라가 '희망'이라고 예지한 물건. 선홍색 표면은 칙칙한 빛이 깃들어 있었다. 하지만 지금, 갑자기 빛이 밝아졌다.

그것을 받아 든 렌은 흠칫 놀랐다.

손에 든 순간, '해야 할 일'이 머릿속에 떠오른 것이다.

아이샤도 마찬가지였을 것이다. 의욕에 찬 얼굴로 고개를 끄덕이고 있었다. 양아들과 양딸이라 할 수 있는 두 사람을 보며 판도라는 만족스러운 듯이 말했다.

"맞다, 맞다. 너희에게 항상 휘둘리기만 하니까 신살자 짐승을 아무튼 몹시 싫어하는 '운명'과 '역사' 말인데… 이번만큼은 마지못해 너희에게 가세하고 싶어 하는 것 같아. 구세의 검을 보내거나 하면서 말이지. 기억해 둬서 손해 볼 건 없을 거야…."

그녀의 목소리가 점점 멀어져 갔다.

주변도 점점 어두워졌다. 잠시 후, 암전. 의식을 잃어 가면서 렌은 현실로 회귀하고 있다는 것을 깨달았다.

"……라 씨! 로쿠하라 씨!"

"아이샤 님도 정신 차리세요!"

렌은 줄곧 멍하니 서 있었던 모양이다.

리오나와 카산드라의 목소리를 듣고는 급속히 의식이 또렷해졌다.

아이샤도 같은 상태였는지, 줄리오가 그녀의 어깨를 흔들어 깨우고 있었다. 눈을 뜬 신살자 두 사람은 화들짝 놀라 얼굴을 마주 보았다.

"렌 씨, 어머니 기억나세요?"

"물론이지. 이렇게 된 이상 할 수밖에 없어, 아이샤 씨."

"한창 얘기하는 중에 미안하지만… 이쪽도 그야말로 새로운 상황을 맞이하는 중이야. 얼른 요격 태세를 갖추도록 해."

줄리오가 담담히 말하더니 어떤 방향을 가리켰다.

아마 동쪽일 것이다. 태양이 순조롭게 일출을 끝내려 하고 있었다. 수평선 위에 흐릿한 빛구슬이 거의 걸려 있는 상태였다.

원의 외주, 가장 밑부분 일부만이 해수면에 가려져 있다.

앞으로 십여 분만 지나면 완전한 '아침'을 맞이할 것이다.

하지만 이 장엄한 새벽도 배경에 지나지 않았다. 뜨는 태양을 등지고 천 마리가 넘는 '짐승' 군단이 하늘을 날고 있었다.

전군이 이쪽으로 서서히 접근 중이었다.

군단을 진두에서 이끄는 대여신 아테나는 그야말로 총대장의 위풍이 넘쳐흐르고 있었다.

마침내 최후의 결판. 렌은 발아래를 힐끔 보았다. 달걀 모양의 물체, '희망'이 놓여 있었다. 표면의 빛은 더 이상 칙칙하지 않았다.

판도라의 '희망'은 눈부시게 빛나고 있었다.

"시작하자. 이것저것 역습해 주자고."

"네! 가이사의 것은 가이사에게!"

렌은 아이샤와 마주 보고 고개를 끄덕인 후, '희망'을 주워 올렸다.

달걀 모양의 물체는 삽시간에 나무 상자로 변했다. 손바닥 크기 정도 되는 작은 상자였지만 묵직했다. 그것을 바다로 향해 힘껏 던졌다.

이쪽을 향해 육박하는 아테나와 '짐승' 군단을 노려보면서….

물론 렌의 완력은 보통 사람 정도이기 때문에 상자는 포물선을 그리면서 떨어지더니 바다에 첨벙 가라앉고 말았다. 하지만.

원래는 그저 바다에 떠다녔을 상자는, 단숨에 거대해졌다.

직사각형 모양의 상자였다. 길이는 4, 50미터쯤 될 것이다. 게다가 상자 안은 어둠만이 펼쳐진 심연, 뻥 뚫린 공동이었다.

제일 먼저 눈치챈 사람은 카산드라였다.

"렌 님! 저건 혹시 전설로 전해 내려오는 판도라 님의 그릇을…."

"응. 전 주인의 허락도 받아서 리메이크했어. 하지만 안은 텅 비어 있어서 이제부터 다시 채워야 해."

바로 지금, 렌은 목소리를 한껏 쥐어 짜내어 소리쳤다.

"자. 재앙을 부른 모든 악의 기운이여, 원래 있던 곳으로 돌아오거라!"

「어리석구나, 로쿠하라 렌.」

하늘에서 아테나의 목소리가 내려왔다.

지금 그야말로 진두에 서서 전군을 이끌고 날아오는 그녀가 렌의 절망적인 몸부림을 보며 신의 목소리를 낸 것이다.

「아무리 《종말의 그릇》과 같은 그릇을 준비해 봤자 그것만으로는 부족하다. 짐승들은 이미 나의 지배를 받고 있으니. 스스로 감옥 안에 돌아갈 리가 없다.」

"뭐, 그렇겠지…."

렌은 쉽사리 인정했다. 그렇다.

원래 '판도라의 상자'도 희망이 남았기 때문에 안심이라는 결말은 아니다.

세계에는 병이나 재앙이 만연하지만, 작은 희망을 가슴에 품고 살아가자. 그런 뉘앙스의 결말이다.

그렇기 때문에 이것만으로는 전혀 충분하지 않다….

"여기서부턴 내 일이야. …목숨을 해하는 악행에 네메시스는 신벌을 내리노라. 정의의 심판이 있기를."

몸과 마음, 모든 힘을 다해 인과를 조종하기 시작한 로쿠하라 렌.

동족 아이샤도 기도하듯이 가슴 앞에서 손을 모아 진지하게 영창하기 시작했다.

"선과가 아직 익지 않은 동안에는 선인조차도 악을 만나며, 선과가 익을 때가 되면 선을 만날지어니. 선인에게는 선과(善果)가 따르고, 악인에게는 악과(惡果)가 따르리라…."

4

아테나의 등 뒤에 전개된 '짐승' 군단은 천 마리 가까이 될 것이다.

하지만 그 군세는 이미 큰 혼란에 빠져 있었다.

작은 빛구슬이 무수히 솟아나더니 '짐승' 한 마리에 수백 개씩 들러붙어 버린 것이다. 어마어마한 양의 빛은 슝슝 날아다니며 아테나의 마수들을 농락했다.

렌은 그 광경을 지켜보면서 지상에서 속삭였다.

"이런 텅 빈 세계를 만들어 내는 동기가 된 건 너희야. 사라져 버린 몇 천 억인지 몇 조일지 모를 생명들에게 너희는 악행을 저질렀다. 그러니까 그만큼의 벌을 받도록 해."

빛구슬을 뿌리치고자 많은 '짐승'들이 발톱과 발을 이리저리 휘둘렀다.

이빨로 물어뜯고, 버둥버둥 전신을 움직였다. 하지만 뿌리치지 못했다. 빛구슬이 들러붙자 사나운 '짐승'들은 모두 힘을 잃고 추욱 늘어지더니….

눈 아래에 펼쳐진 바다로 끌려갔다.

그곳에는 입을 벌린 《빈 판도라의 상자》가 떠 있었다.

무수히 많은 작은 빛에 끌려간 '짐승'들은 잇따라 상자 안으로 빨려 들어갔다.

그 신비를 이루게 해 주는 빛, 그 하나하나가 벌이었던 것이다. 지구상에서 생명을 앗아간 죄에 대한….

"부탁할게, 네메시스 씨."

악행에 대한 업보를 치르게 하기 위해 렌은 정의의 여신에게 말했다.

"이 세상에 살아 있는 모든 생명을 소멸시킨 원흉… 종말의 짐승들에게 걸맞은 인과응보를 나와 함께 내려 주자!"

늘 렌의 등 뒤에 나타나는 여신 네메시스의 환영.

그러나 이번에는 저 멀리 머리 위, 공중에 나타났다. 사이즈도 전혀 달랐다. 그 키가 수백 미터는 될 법한 거대하고 웅대한 사이즈였던 것이다.

아테나가 이끄는 '짐승'의 군세와 정면에서 맞대결해도 뒤지지 않을 것이다.

그리고 순백의 날개를 크게 펼친다. 그 신성하고 웅장한 모습에는 묵시록의 세계에 강림한 대여신의 품격이 충만했다.

렌은 구현화된 자신의 권능에게 지상에서 속삭였다.

"물론 우리 인류에게는 그에 상응하는 악과 원죄 같은 게 있었을 테지만, 그래도 난데없이 지구상에서 섬멸될 만한 죄는 아직 없었을 거야. 게다가 인간도 아닌 생명까지 섬멸하는 건 아무리 그래도 너무하잖아…."

그럼에도 불구하고 신벌인 대홍수와 겁화가 지구 전역에 내려졌다.

그것을 불러일으키는 촉매가 된 요인. 바로 그것은 아테나가 《종말의 그릇》… 다시 말해 판도라의 상자를 열어 풀어놓은 '짐승'들이다.

악한 마음과 부(負)의 오라, 재앙, 질병이 형태를 이룬 것.

'짐승'들의 죄와 불길함이 신벌의 동기가 되었다. 그렇기 때문에 인과응보. 렌은 일찌감치 확신하고 있었다.

이대로 아테나의 방해가 없다면 모든 '짐승'들을 상자에 돌려놓을 수 있다.

그리고 문제의 대여신은….

"쳇! 설마 강철의 검신을 불러들였을 줄이야!"

"한동안 나와 승부를 겨뤄 줘야겠구나. 나 또한 예전엔 군을 지휘하던 몸. 전쟁의 여신이라면 그야말로 상대로 부족함이 없을 터!"

하늘을 날아다니면서 한창 일대일 승부를 벌이는 중이었다.

머리카락이 뱀으로 변한 여신 아테나는 등에 난 올빼미의 날개를 펄럭이며 사신의 그것과도 같은 커다란 낫을 멋지게 휘두르고 있었다.

그것을 장창으로 튕기며 커다란 방패로 받아 내는 적수는 여기사.

하늘을 나는 백마를 타고, 하얀 갑주로 화려하게 몸을 지키는….

일찍이 아마존의 족장이었던 브란델리 가의 수호자 《하얀 여왕》. 오랜만에 실체로 나타나 하늘을 종횡무진으로 누비고 있다.

로쿠하라 렌을 향해 지상으로 급행하려 했던 아테나의 앞길을 막기 위해.

여왕의 손에서는 신창의 날이 빛나고 있었다.

"자. 구세의 검에게서 빌린 창끝이여, 너의 힘을 해방하거라!"

하늘 위로 치켜든 창끝은 《구세의 신도》의 도신이었다.

찬연하게 백금색 빛을 발하는 창날. 그곳에서 몇 줄기나 되는 뇌격이 쏟아지더니 아테나를 덮쳤다. 뱀과 올빼미의 대여신은 재빠르게 방패를 불렀다.

뱀 머리카락의 요녀 고르곤의 얼굴을 새긴 타원형 방패.

성스러운 방패는 손으로 들지 않아도 공중에 떠올라 육박하는 벼락으로부터 주인을 수호하는 장벽이 되었다. 표면에 새겨진 고르곤의 두 눈이 둔탁하게 빛났다.

신창이 쏜 뇌격은 모두 소멸되었다.

하지만 《하얀 여왕》은 늠름한 미소를 씨익 짓더니, 쉴 새 없이 뇌격을 내리쳤다.

고르곤의 방패로 뇌격을 막아 내면서 아테나는 미간을 찌푸렸다.

"이럴 수가. 구세의 검에 얽힌 전승은 역시 진실이었단 말인가. 무궁무진한 뇌정을 그 안에 담고, 이 세상 최후에 나타난다고 하는 그 전승이…!"

지금 전장의 하늘에서는 '짐승'들의 수가 무서운 기세로 줄어들어 있었다.

여신 네메시스의 권능에 의해 저항조차 하지 못한 채 빈 판도라의 상자로 옮겨지고 있었다. 자그마한 빛구슬이 셀 수 없을 정도로 모여 종말의 짐승을 봉인하고 있는 것이다.

이만한 위업은 아무리 신살자라 해도….

"가능할 리가 없어. …그렇군. 신살자 짐승을 숙적이라며 끔찍하게 여기던 '운명'과 '역사'마저 이용했구나, 로쿠하라 렌! 그리고 아이샤!"

전략을 간파한 아테나.

지상에서 권능을 휘두르는 두 사람을 향해 분노와 찬사를 입에 담으면서 머리를 굴렸다.

역시 신살자들은 예측 불가능한 강적이자 걸림돌. 이렇게 된 이상 어떻게 해서든 반격에 나서야 한다.

"…빛나는 눈의 여신, 영광스러운 아테나의 분노를 알라. 빛나는 안광의 열렬한 기세로 올림포스는 명동(鳴動)할 것이고, 하늘은 두려워하고 대지는 뒤흔들릴지어니. 대해원이여, 거세게 일어나 소용돌이치는 큰 파도에 끓어올라라."

아테나는 아름다운 입술을 어렴풋이 움직이며 작은 목소리로 영창을 시작했다.

…가련한 소녀처럼 보이는 아이샤는 사실 그 누구보다 용맹했다.

물론 몸도 마음도 아직 어리다. 자타공인 영원한 소녀, 영원한 17세인 존재지만 그래 봬도 실은 동족인 '후작'이나 '교주'와 동시대를 살아온 백전노장인 것이다.

수많은 신화 세계에도 갔다.

최근엔 그럴 일이 없었지만, 이른바 시간 여행의 경험까지 있다.

신살자와 같은 파격적인 존재에게는 '이 세상이 아닌 곳'으로 여행할 기회 또한 많기 때문이다. 로쿠하라 렌이 그러하듯이.

그래서 아이샤는 잘 알고 있었다.

"'역사'란 줄거리가 정해진 이야기나 마찬가지… 시간 여행자가 역사를 바꾸려는 사건을 저지른다 한들 반드시 수정력이 발동해 변경된 부분을 '없던 일'로 만들지. 역사는 전부 정해진 대로 진행돼…."

아이샤는 마치 기도하듯이 조용히 중얼거렸다.

그렇다. 역사상 중요한 인물이 시간 여행자의 도움을 받아 목숨을 건져 '원래 죽어야 하는 날짜와 시간'에 죽지 않았다 하더라도.

그 인물은 며칠 후, 혹은 몇 년 후에 갑작스런 죽음을 맞이하고 역사는 원래 줄거리대로 나아간다.

그것이 아이샤가 알고 있는 '세계의 비밀'. SF소설과 달리 그녀가 사는 세계에서는 타임 패러독스도, 패럴렐 월드도 존재하지 않는다.

전부 수정력이 어떻게든 해 줄 것이다!

…뭐, 그 힘을 관장하는 '역사의 수호자'라 불러야 할 반신(半神)과 처음 만났을 때, 아이샤는 원망의 말을 엄청 들었지만.

「네 이놈! 멀쩡한 역사의 흐름을 마음대로 휘저어 대는 마녀 같으니! 어리석은 신살자 놈들 중에서도 특히 분별력이 없는 바보 같은 것! 너에게 힘을 빌려주는 건 죽어도 싫지만, 이번만큼은 또 그럴 수는 없겠군!」

실은 지금도 그런 욕설이 희미하게 들리는 것 같다….

아마도 아이샤에게만. 어떤 사정으로 잃어버렸지만, 예전에는 《시간 여행》의 권능도 갖고 있었기 때문에 그쪽 방면으로는 감이 예리했다.

아무튼 지금, 역사를 수정하는 힘이 시공의 저편에서 보내져 왔다.

아이샤와 로쿠하라 렌에게.

같은 부류의 친구인 청년은 힘의 한계를 넘어선 규모의 《인과응보》에 도전해 성공시키는 중이었다. 그런 그를 뒤에서 받쳐 주고 있는 것이 '역사의 수정력'인 것이다.

지구와 인류가 멸망하는 미래의 도래를 반드시 수정해야 하기에.

그리고 아이샤도 그에게 힘을 보태고 있었다.

"행운이 따르는 자에게 내려지는 은총을 부디 렌 씨에게도 내려 주세요. 선을 행하는 자에게는 선과가 있을 것이고, 지어지선(止於至善)을 이루는 자에게는 지상의 가호가 있으리라…!"

아이샤에게는 행운을 불러 모으는 권능이 있다.

그것을 응용해 '행운의 가호'를 누군가에게 내리는 것도 남몰래 갖고 있는 특기였다. 뭐, **반동** 또한 크기 때문에 웬만해선 사용하지 않지만, 그라면 괜찮을 것이다. 아마.

"렌 씨! 마무리를 부탁드릴게요!"

"응! 나한테 맡겨. 아이샤 씨 덕분에 뭘 해도 실패할 것 같지 않아."

옆에서 권능을 휘두르던 로쿠하라 렌이 겁 모르는 미소를 씨익 지었다.

그리하여 렌은 확신하고 있었다.

지금의 자신은 지구 역사상 가장 큰 행운이 따르는 인간이라는 것을. 뭘 하든 잘 풀릴 것이다. 뭘 하지 않아도 잘 풀릴 것이다….

"아마 나를 노리는 암살자가 온다고 해도."

자신을 감싸는 행운의 기운을 느낄 수 있다. 렌은 중얼거렸다.

"지금이라면 격퇴할 필요가 없겠지…."

"네. 멋대로 넘어지더니 그 타이밍에 들고 있던 나이프에 찔려 죽는 럭키맨 같은 전개네요."

"아. 저, 그런 경험이 몇 번이나 있어요~"

리오나가 맞장구를 치자, 아이샤도 느긋하게 말했다.

긴장감이 없어 보일 수도 있을 것이다. 그러나 이 또한 역전에 성공하고 있기 때문이다. 전장의 **공기**가 변하고 있었다.

아테나가 이끌던 '짐승'의 군단.

그 모두를 마침내 《빈 판도라의 상자》에 넣었기 때문이다.

현재, 동트기 전의 하늘에서 벌어지고 있는 싸움은 하나뿐.

하늘을 가르는 군마와 함께 구세의 창을 휘두르는 《하얀 여왕》. 올빼미의 날개를 펼치고 천공의 모든 것이 자신의 옥좌라는 위풍을 뽐내는 여신 아테나.

여왕이 쳐든 신창에서는 아직도 뇌격이 노도처럼 방사되고 있었지만.

공중에 떠 있는 고르곤의 방패가 그 모든 것을 소멸시켜 버렸다. 게다가 방패를 다루는 아테나는 어느샌가 여유로운 미소를 보이고 있었다.

"하얀 기사여, 기세가 조금 떨어졌구나!"

"무슨 소리냐! 그건 그것대로 상관없다! 갈 수 있는 곳까지 힘차게 돌진했다가 나머지는 전우에게 맡기는 것 또한 기사도라는 것!"
"후후후후! 그런 기개, 싫지 않다!"
두 여전사는 빈틈없는 공방을 벌이면서 정면충돌을 이어 갔다.
그들의 대결을 바라보며 줄리오가 나지막이 말했다.
"확실히 여왕의 힘이 떨어지고 있어. 슬슬 시간을 버는 것도 한계야, 렌."
"라저. 온 힘을 다해 힘껏 부딪쳐 볼게."
"렌 님…."
드디어 렌이 나서려던 그때, 카산드라가 말을 걸어왔다.
"저에겐 지금부터 렌 님이 도전하려 하시는 미래가 보이지 않아요. 하지만 반드시 잘 풀릴 거라고 믿어요…!"
"고마워. 너의 그 말, 내가 반드시 예언으로 만들게."
엄지를 척 세워 사랑하는 소녀에게 대답하고 나서.
렌은 눈앞에 펼쳐진 바다, 그곳에 떠 있는《빈 판도라의 상자》를 쳐다보았다. '짐승'의 군단이라는 형태로 지상에 토해 낸 것은 전부 되돌아갔다.
더는 빈 상자가 아니다….
아테나가《종말의 그릇》으로 썼을 때와 비교해도 손색이 없는 상태였다.
"…다시 한번 정의의 심판을 내리자, 네메시스 씨."

머리 위에는 아직 네메시스의 환영이 떠 있었다. 대천사와 같은 모습으로.

"판도라의 상자는 세계를 개변하는 아이템… 어떤 재앙도 없는 평화로운 세계를 악의가 소용돌이치는 위험한 곳으로 바꿨어. 지상에 악의 기운이 만연하고, 신벌의 불꽃과 홍수가 덮치는 세계로 바꿨어. 이 세상에서 모든 생명을 없애 버렸어…."

죄의 개수를 세는 말은 정의 집행의 언령.

렌은 장엄하게 읊고 나선, 심판의 대상을 손가락으로 가리켰다. 바다에 떠 있는 거대한 상자. 진짜 이름은 《판도라의 상자》이다.

"저 상자가 다시 한번 세계를 개변하게 하는 거야. 아이샤 씨가 말한 대로 가이사의 것은 가이사에게!"

이 또한 렌의 한계를 뛰어넘은 《인과응보》였다.

너무나도 엉뚱한 소원. 성공할 가망성은 그야말로 만 분의 일. 성공률 0.0001퍼센트 이하의 난행. 뭐, 평소라면 시험해 보지도 않을 것이다.

하지만 지금은 로쿠하라 렌을 뒤에서 밀어 주는 힘이 있다.

행하려는 선행의 크기에 따라 모든 것을 좋은 방향으로 이끄는 행운의 은총….

바뀐 역사를 원래대로 돌려놓으려 하는 초자연적 의지….

바다 위에 떠 있는 《판도라의 상자》를 쳐다보면서 렌은 인지와 중지를 나란히 모아 앞으로 쭉 내밀었다. 마치 리셋 버튼이라도 누르듯이.

주사위는 이미 던졌다.

렌의 시야에 있는 모든 것이 흐릿해지기 시작했다….

…꿈. 멍하니 꿈을 꾸는 기분이었다.

…대지에 서 있는 모든 것을 불태우는 겁화. 불탄 자리를 씻어내는 대해일. 물과 불에 의한 멸망이 파란 지구의 표면을 덮고 있었다.

…렌은 어째선지 그 모습을 위성 궤도상인가 싶을 만큼 높은 곳에서 내려다보고 있었다.

…하지만 되감기가 시작되었다.

…물의 멸망을 나타내는 검푸른 바다, 불의 멸망을 나타내는 홍련의 불꽃이 순식간에 줄어들었다.

…파란 원탁. 그렇게 부르고 싶을 만큼 아름다운 별이 떠 있었다.

그리고 세계는 움직이기 시작했다.

정신을 차려 보니 로쿠하라 렌은 모래사장에 있었다. 단, 베이스 캠프로 삼았던 작은 섬과는 달랐다. 그 소박한 섬보다 훨씬 넓은 모래사장이었다.

문득 저편을 보니 약간 떨어진 곳에 고층 빌딩군이 있었다.

익숙한 경치. 바닷가에 있는 고도 발렌시아 시를 관광 명소이기도 한 해변에서 바라봤을 때의 풍경이었다.

짹짹. 작은 새들이 지저귀는 소리가 들려왔다.

아침이었다. 상쾌한 바람이 기분 좋았다. 동쪽 하늘에서 뜬 아침 해가 이베리아 반도 동안에 위치한 발렌시아의 대지를 부드럽게 비추고 있었다.

어디선가 갈매기도 울고 있었다.

끼루룩. 끼루룩. 끼루룩. 끼루룩.

물론 동료들도 바로 옆에 있었고, 모두가 의아한 듯이 주위를 두리번거렸다.

"잘 풀린 건가…?"

"언뜻 보기에는 세계의 개변 상태가 리셋된 것 같네요…."

줄리오와 리오나가 중얼거린 그때.

난데없이 소녀가 몸을 던져 렌의 품 안으로 뛰어들었다.

"렌 님!"

"보아하니 어떻게 잘된 것 같아, 카산드라."

트로이 왕녀와 재회한 기쁨을 곱씹으면서 렌은 그녀와 포옹했다.

너무 기쁜 나머지 카산드라의 이마에 키스한 것은 축하의 의식이라고 치면 아무 문제 없을 것이다. 당사자인 공주 또한 기쁜

듯이 미소를 짓고 있었다. 뭐, 리오나가 "?!" 하고 두 눈을 휘둥그렇게 떴다는 문제는 있었지만….

아무튼 그 이상한 새벽이 계속되던 '마의 시간'은 끝을 맞이했다.

단, 아이샤의 굳은 목소리로 인해 승리를 축하하는 분위기는 단숨에 깨져 버렸지만.

"레, 렌 씨, 저걸 보세요!"

"역시나. 아직 시합이 끝난 게 아니군…."

쿵! 하늘에서 완전무장한 여기사가 떨어졌다.

장창을 손에 든 《하얀 기사》. 애마를 잃었는지 그녀 혼자였다. 브란델리 가의 수호자는 하늘을 올려다보는 자세로 쓰러져 있었다.

여왕은 다시 한번, 어떻게든 일어서려 했다.

모래사장에 손을 대고 상체를 세우려 했다. 하지만 몸이 부들부들 떨리기만 할 뿐….

"나는 여기까지인 것 같구나…. 나머지는 너희에게 달렸다. 힘껏 싸우길 바란다."

여왕은 그 말을 남기고 소멸했다.

그녀 대신 남은 것은 《구세의 신창(神槍)》. 모래사장에 꽂혀 있다.

그리고 드디어….

뱀의 머리카락을 하고 날개가 달린 여신 아테나가 하늘에서 강림했다. 묵시록의 내용처럼 종말을 가져온 초월자는 전보다 더 담대한 미소를 짓고 있었다.

신역의 캄피오네스

# 제 6 장 chapter 6 신과 짐승의 결판

1

"역시. 역시 여기까지 되감았군."

하늘에서 강림한 아테나는 말했다.

단, 땅에는 내려오지 않았다. 렌 일행을 내려다보는 높이에 뜬 채 지고신(至高神)의 긍지에 찬 존안으로 이쪽을 보고 있었다.

"로쿠하라 렌과 아이샤, 두 신살자여. 역시 신살자 짐승은 우리 신족의 원수이자 둘도 없는 대적…. 아무리 궁지에 몰아넣으려 해도 반드시 기사회생의 수로 역전을 꾀할 뿐만 아니라, 온갖 수단과 방법을 가리지 않고 성공시키기까지 하지. 참 대단해."

자신은 지지 않았다며 억지를 부리는 듯한 뉘앙스는 전혀 없었다.

아테나는 진심에서 우러나오는 칭찬을 입에 담고 있는 것 같았다. 게다가 공중에 뜬 뱀 머리카락 여신의 등 뒤가 갑자기 밝아지기 시작했다.

무지개색으로 빛나는 '빛의 날개'가 아테나의 등에서 돋아난 것이다.

날개 수는 20개 이상. 원형으로 펼쳐진 그것은 공작이 날개를 펼친 모습과도 비슷했고… 무척 신성했다.

게다가 동시에 뭐라 말할 수 없는 불길함도 느껴졌다.

일곱 개의 색으로 빛나는 원형의 날개를 후광처럼 등진 여신은 지상을 내려다보고 있었다!

렌은 물었다. 적의 여유를 어쩐지 무섭게 느끼면서.

"우리가 이렇게까지 할 수 있다는 걸 알고 있었던 듯한 말투네?"

"당연하지. 전쟁터에 가득했던 기운이 이렇게 말했다. …천운은 적에게 있다. 조심하거라. …그 조짐을 본 이상, 조용히 참아내는 것도 장수된 자로서의 의무."

"으으. 굉장히 여유롭네요, 아테나 씨…."

중얼거리는 아이샤. 여신은 태연하게 말했다.

"그야 당연하지. 생각을 해 봐라. 빛과 어둠, 선과 악, 신들과 악마, 무엇보다 신과 신살자는 유구한 시간을 초월해 계속 싸워 왔다. 그 싸움은 몇 천 년, 몇 만 년이나 되는 세월이 지난 지금도 좀처럼 결판이 나지 않고 있지. …그렇다면 형세가 기울 때마다 마음을 졸이고 있을 필요도 없지 않겠느냐?”

아테나는 의기양양하게 큰소리쳤다.

“승패가 가려지기 전까지 그저 싸울 뿐이다.”

“요컨대 여기서 다시 역전해서 세계의 종말을 다시 한번 일으킬 속셈이구나?”

“그렇다.”

렌의 질문에도 바로 답했다.

아테나는 입가에 통달한 미소를 짓고 있었다.

초월의 신이 아니라면 도저히 도달할 수 없는 달관과 장도(壯圖)에 찬 미소. 그것을 본 줄리오는 한숨을 내쉬었다.

“확실히 최종 전쟁이란 그런 법이긴 하지만, 저렇게 면전에서 선언할 줄이야. 힘이 쭉 빠지네….”

“신이니까요. 정신적으로 약해지는 건 기대하기 힘들겠네요….”

리오나도 괴로워하며 맞장구를 쳤다.

그 직후였다. 얼굴색이 확 바뀐 카산드라가 빠른 어조로 소리쳤다.

“크, 큰일이에요! 리오나 님, 렌 님을 지켜 주세요!”

무언가를 예지했는지, 그녀의 목소리는 몹시 절박했다.

그리고 이미 아테나는 움직이기 시작하고 있었다. 손을 휙 흔들기만 했는데도 하늘에서 검은 물방울을… 비와 싸라기눈을 내리게 한 것이다!

후두두두두두두두두두두두두두두두두두둑!

화살처럼 쏟아지는 검은 비가 땅을 후벼 파며 무수히 많은 작은 구멍을 뚫었다.

모래사장에 있는 단단한 바위까지 온갖 곳에 구멍이 나 있었다. 검은 빗방울은 도무지 그칠 기미가 보이지 않았고, 발렌시아의 대지를… 무엇보다 인간들을 쉴 새 없이 덮쳤다!

하지만 다행히도 렌 일행이 맞기 직전에 빗방울은 소멸했다.

검은 비가 떨치던 맹위를 막은 것은 신살자의 육체였다.

"히, 히이이이이이익?!"

"다들 우리 옆으로 와!"

아이샤는 비명을 지르며 머리를 싸쥐고 있었다. 렌은 카산드라를 등으로 감싸며 동료들을 불렀다.

행동은 각자 달랐지만, 두 사람에게는 공통된 체질이 있었다.

저주나 마법과 비슷한 힘을 튕기고 없앤다. 그런 내성이.

정신을 집중하면 자신의 주위에서 사납게 날뛰는 마력조차도 없애 버릴 수 있다. 검은 비는 지금, 신살자 두 사람 근처에는 내리지 않았다.

줄리오와 카산드라, 리오나도 그 안전권에 몸을 맡기고 있었다.

하지만 안전권 외, 해안 거의 전역에 비의 맹위가 쏟아지고 있다. 대지에 서 있는 모든 것을 구멍투성이인 장식으로 만들어 갔다.

단, 아테나만이 유연하게 원이 된 빛의 날개를 짊어진 채 공중에 있었다.

그리고 로쿠하라 렌은 고개를 갸웃거렸다.

"어…?"

잠시 망설인 후, 늘 외치는 그 말을 속삭였다.

"네메시스 씨, 부탁할게. 정의의 심판이 있기를."

평소에는 이것으로 여신의 환영을 불러낼 수 있었다.

날개를 가진 네메시스가 로쿠하라 렌의 등 뒤에 강림해 카운터를 날린다. 하지만 지금은 늘 그랬듯이 《인과응보》의 비축분이 채워져 가는 감각조차 느껴지지 않았다.

이만큼의 맹공을 받고 있는데도?!

"정의의 심판이 있기를! 아, 역시 안 되네. 어떻게 된 거지?!"

"네메시스의 권능을 쓸 수 없는 거야? 어떻게 된 거야, 렌?!"

"아아, 렌 님…."

또다시 시험해 본 렌은 마침내 능력의 상실을 실감했고, 줄리오 또한 경악했다. 카산드라도 처참하다는 듯이 눈을 내리깔았고, 리오나는….

"로쿠하라 씨에게 무슨 수작을 걸었군요?!"
늠름하게 고개를 들어 하늘에 떠 있는 아테나를 노려보았다.
그런 다음, 오른손 검지를 쭉 세웠다. 그 손끝에서는 눈부신 섬광이 용솟음쳤다.
"어두운 하늘에 홀연히 나타나 황궁에 내려앉은 성스러운 금빛 솔개여. 그 솔개가 찬란하고 번개 같은 빛을 뿌리리…!"
비의(秘儀)《금치지대불(金鵄之大祓)》.
한군데로 모인 태양광을 레이저처럼 쏘는 번개의 주술.
지금까지는 야타가라스로 변신해 십이신장을 현현시키지 않으면 행사할 수 없었다. 하지만 급성장을 이룬 지금, 리오나는 인간의 모습을 유지한 채 간단한 방식으로도 힘을 발휘할 수 있게 되었다.
그 빛의 기술이 쏘아진 찰나….
아테나는 오른손을 앞으로 내밀었다. 공중의 여신을 수호하기 위해 고르곤의 방패가 나타나 번개의 섬열을 멋지게 막아 냈다.
그러나 그와 동시에 검은 장대비가 겨우 그쳤다.
"예전보다 힘이 커졌구나, 불새의 마녀여."
"그보다 로쿠하라 씨의 주특기를 봉인해 버리다니, 얄미운 전법을 쓰시네요. 여신이면서!"
"아니. 착각하지 마라."
아테나는 거만하게 미소를 지으며 어떤 인물을 힐끔 내려다보았다.

렌도 그쪽을 힐끔 보았다. 아이샤가 멋쩍은 듯이 굳은 얼굴을 하고 있었다.

"설마 아이샤 씨의 짓?!"

"짓이라니…. 렌 씨에게 내린 '행운의 가호' 때문이에요~"

신살자 소녀는 얼버무리듯이 웃어 보였다.

"아니, 행복과 불행은 마치 꼬아 놓은 새끼처럼 번갈아 오는 법. 방금 전까지 렌 씨는 지구 탄생 이래 제일 운 좋은 인간이었으니까요. 그 반동으로 엄청난 불행이 내려진 것 같다는 느낌은 들었어요. 하지만 능력이 하나만 봉인된 거라면 오히려 행운일 수도 있겠네요!"

억지로 끼워 맞추기.

리오나가 어두운 목소리로 나지막하게 태클을 걸었다.

"하나만 봉인된 건지 아닌지도 모를뿐더러, 그 하나가 주된 전력이니 최악의 전개예요. 카산드라 왕녀님이 예지한 게 이거군요…."

"네…. 그래서 믿고 의지할 사람은 리오나 님일지도 모른다고…."

"그, 그 부분은 기합과 근성으로 서포트하죠, 여러분!"

"그렇게 해 줬으면 하는 마음은 굴뚝같지만, 실제로는 어때, 렌?"

“음~ 조금 힘들 것 같아….”

아이샤의 위로, 절친 줄리오의 불안한 질문을 들으면서 렌은 중얼거렸다.

물론 그래도 분투할 수밖에 없지만, 너무나도 갑작스러웠다. 하지만 ‘세계의 끝’을 리셋할 수 있었던 대가이기에 받아들일 수밖에 없는 상황….

“응?”

렌은 눈을 의심했다.

주위의 모든 것이 난데없이 돌로 변해 있었다. 줄리오, 리오나, 카산드라. 동료들뿐만이 아니었다.

발밑의 부드러운 모래사장도, 단단한 돌로 변해 있었다.

해변가에 심어진 나무의 가지와 파란 잎 등도 회색 돌로 변해 있었다.

아니, 그 정도로 끝났으면 다행이다.

이 해안가에 밀려오던 파도까지 딱딱하게 물결치는 돌의 대지로 변모해 있었다. 저 먼 곳을 보니 철근 콘크리트 구조의 고층 빌딩까지 돌로 만들어진 사각형 탑이 된 상태….

렌은 주춤거렸다.

“모두 돌로…?”

“놀랄 만한 일도 아니다. 나의 눈은 고르곤의 그것. 아테나의 안광이 닿는 곳에 있는 모든 것을 ‘돌의 관’에 묻어 버리는 것 정도야 아이들 장난이나 마찬가지. 오히려 문제는 너희다. 신살자들의 피와 살에는 역시 웬만한 수작은 통하지 않으니 말이지…."

하늘 높은 곳에서 신살자들을 내려다보는 아테나.

지고의 여신, 그 눈은 어느샌가 황금색으로 빛나고 있었다. 그녀를 지키는 신비의 방패, 그 표면에 새겨진 요녀 고르곤의 눈동자와 똑같았다.

여신들의 성스러운 시선은 어디까지 닿고 있을까?

겨우 돌로 변하지 않은 건 어쩌면 반경 50킬로미터 이내에서도 로쿠하라 렌과 동족 아이샤뿐일지도 모른다. …아니.

"레, 렌 씨?! 우리도 큰일 난 것 같아요!"

"어째서?!"

아이샤와 렌은 동시에 경악했다.

그들에게는 온갖 저주를 튕겨 내는 강인한 내성이 있다. 몸 안에 직접적으로 주술을 걸지 않는 이상, 그리 쉽게 저주에 걸리는 일은 없다.

그런데 어찌된 일인지 두 사람의 하반신이 나란히 돌로 변해 있었다.

배 언저리도 순조롭게 돌로 변해 가는 중이었다.

돌로 변하는 부분이 점점 위로 퍼지고 있는 것이다!

경악하는 두 신살자를 내려다보면서 공중에 있는 아테나는 무언가를 영창하고 있었다.

"…빛나는 눈의 여신, 영광스러운 아테나의 분노를 알라. 빛나는 안광의 열렬한 기세로 올림포스는 명동할 것이고, 하늘은 두려워하고 대지는 뒤흔들릴지어니. 대해원이여, 거세게 일어나 소용돌이치는 큰 파도에 끓어올라라…."

"그, 그건 또 무슨 시야? 역시 주문?!"

렌이 묻자, 아테나는 미소를 지었다.

"천운의 축복이 너희 것임을 깨달은 순간부터 준비해 놓았다. 그 백기사와 겨루면서 언령을 바람에 실어 대기에 녹여 놓았지. 잠깐의 죽음을 뿌리기 위한 기도를…."

대기. 다시 말해, 공기 중에 주문을 흩뿌렸던 것이다.

그 의미를 헤아린 렌은 공포에 떨었다.

"설마 우리는 그 공기를 마셨기 때문에… 석화 마법이 몸 안에서 효과를 발휘했다는 뜻?"

"눈치가 빠르구나. 그런 뜻이다."

한 방 먹었다. 평소 같은 때라면 누군가가 트릭을 알아챘을지도 모른다.

그러나 세계의 종말을 리셋시켰다는 것에 흥분해 렌 일행 중 단 한 명도 흩뿌려진 아테나의 함정을 눈치채지 못했다.

그것까지 내다본 여신의 통찰력이 이겼다는 것인가….

"너희를 돌로 바꿔 버린 상태로 또다시 명계에 보내 주마. 물론 이번에는 부활하지 못하도록 내가 직접 옮기도록 하지. 두 신살자의 시체는 땅밑에서 산산조각으로 부숴 나의 승리를 확고하게 굳히겠다. 각오하거라, 신들의 대적이여."

"그, 그렇게 정성을 들일 필요느으으으은?! …아."

"아이샤 씨!"

마침내 아이샤의 가련한 얼굴까지 돌로 변하기 시작했다.

렌 또한 안면이 굳어져 가는 것을 자각했다. 두 사람 모두 얼마 안 있어 머리부터 발끝까지 완전히 경직되고 말았다.

두 신살자가 고르곤의 사시(邪視)에 굴복한 순간이었다.

## 2

죽여도 좀처럼 죽지 않는다.

그것이 '신살자'라는 망나니들이 가진 종족적 특징.

명줄이 질기다는 말로밖에 표현할 수 없을 만큼 생명력이 왕성하다. 하지만 그래도 지고의 여신 아테나는 용의주도한 트릭을 써서 두 숙적을 저주의 힘으로 꼼짝하지 못하게 만들었다.

이 정도까지 했으니 더는 저항이 불가능할 것이다.

로쿠하라는 동족 아이샤와 함께 생명 없는 석상으로 변했다.

그러나… 몹시 사랑스러운 것치고는 이따금 괴물의 조짐을 보이는 선배에겐 없지만, 후배인 렌에게는 비장의 카드가 하나 있었다.

'렌 님. 렌 님.'

'잠들면 안 돼. 여기까지 온 이상, 이제 기합으로 승부를 내는 수밖에 없어!'

'로쿠하라 씨, 정신 차리세요!'

동료 여성진들이 자신을 부르는 목소리가 들리는 것 같았다.

그리고 손가락 하나 까딱할 수 없는 석상이 된 상태에서 렌은 기분 탓이 아니라는 것을 이해했다. 그녀들의 사념을 확실히 느꼈기 때문이다.

'렌! 이렇게 된 이상, 나도 각오 단단히 했어!'

틀림없다. 스텔라였다.

'위험해 보이는 싸움이라 계속 숨을 죽이고 있었지만… 미와 사랑의 여신 아프로디테가 아테나 같은 바보 여신에게 굴복할 순 없는걸!'

렌의 안에서 '파트너'가 뜨겁게 호소했다.

그녀와의 유대는 아직 건재했다. 그렇다는 건 모든 권능이 봉인된 것은 아니라는 뜻이다.

그리고 또 한 명의 파트너로부터도 사념이 전해졌다.

'잘 들으세요. 고르곤으로 대표되는 뱀의 지모신(地母神)은 생명과 죽음을 관장하는 신격이에요. 석화 저주도 사신으로서 가진 권능, '잠깐의 죽음'을 주는 힘. 그러니까… 불사의 상징으로 죽음에 대항하면 아직 가능성은 있을 거예요!'

여신 니케로부터 빼앗은 권능으로 그녀와도 연결되어 있었다.

그렇구나. 로쿠하라 렌이 소유한 힘은 총 세 개. 여신 네메시스의 《인과응보》, 그리고 니케와 아프로디테의 권능….

남은 두 개는 무사한 것이 불행 중 다행이었다. 그렇다면!

'스텔라, 《친구의 고리》를 써 줘!'

"나한테 맡겨! …새 아가씨, 바로 지금이 사랑의 여신에게 공물을 바칠 때야. 아무짝에도 쓸모가 없어진 너를 대신해 렌을 지키기 위한 힘을 바치도록 해!"

석상이 된 렌의 왼쪽 어깨에 미니 사이즈의 여신님이 모습을 드러냈다.

인형처럼 쉽게 망가질 것 같은 가는 허리. 그곳에 감긴 하얀 띠가 장밋빛으로 빛나고 있었다. 스텔라가 불러낸 상대는 바로 옆에서 돌로 변한 리오나였다.

말이 없는 석상답게 아무런 대답이 없었다.

그러나 돌로 변한 리오나의 전신에서 강렬한 염이 터져 나왔다. 몸은 움직일 수 없어도 의식은 아직 건재한 것이다!

'바치는 게 아니라 '빌려드리는 것'뿐이에요! …불과 태양의 영혼 야타가라스의 힘을 잠시 맡길게요, 로쿠하라 씨!'

"고마워!"

돌로 변한 로쿠하라 렌의 몸이 금색으로 빛나기 시작했다.

순식간에 렌은 자유를 되찾았다. 오체 전부가 살아 있는 몸으로 돌아와 돌의 저주를 훌륭하게 떨쳐낸 것이다.
그대로 렌은, 하늘로 날기 시작했다.
"호오! 아직도 힘을 남겨 놨을 줄이야!"
"남겨 놓은 건 내가 아니라 동료들이지만!"
렌은 칭찬하는 아테나를 두고 하늘 높이 급상승했다.
완전한 비상. 렌을 감싸는 금색의 빛. 야타가라스의 영력 그 자체였다. 그렇다면 날 수 있는 것이 당연했다.
음속과도 가까운 속도로 고도를 쭉쭉 높여 갔다.
'하늘은 저의 영역! 이 정도는 식은 죽 먹기예요!'
렌에게 착 달라붙은 유체가 자신만만하게 말했다.
블레이저를 입은 토바 리오나. 단, 전신이 희미하게 비쳐 보이는 투명 인간 상태였다. 유체가 되어 돌로 변한 몸을 빠져나온 것이다.
'일몰과 함께 죽지만, 해가 뜰 때마다 다시 살아나는 태양은 불사의 상징….'
유체 이탈 상태인 리오나가 호언장담했다.
'그 정령인 야타가라스와 신살자 로쿠하라 렌의 힘을 하나로 합치면 고르곤의 석화 따윈 이제 무섭지 않을 거예요!'
"그러게. 일단 적과 거리도 뒀으니 작전을 생각하자."
렌은 참모역으로 따라와 준 리오나에게 말을 걸었다. 급상승한 속도를 줄이다가 공중에서 드디어 정지했다.

아래에 보이는 머나먼 저편에는 발렌시아 주의 대지가 있었다.

푸른 숲과 전원, 여기저기 흩어진 마을, 무엇보다 발렌시아 고도.

하지만 눈 아래에 펼쳐진 것은 생명력이 없는 회색뿐. 이 토지 일대 전체가 돌로 변해 있었다. 아테나, 즉 고르곤의 사안은 그만큼 엄청난 위력을 갖고 있는 것이다.

"혹시 거리 전체가 돌로 변한 건…."

'아뇨. 이 거리뿐 아니라 확실하게 이 거리 밖까지 휘말렸어요. 일목요연, **보면** 알아요."

리오나의 유체가 말하자, 그 순간 렌의 **시력**이 올라갔다.

머나먼 지평선 끝까지 극명하게 내다볼 수 있었다.

이것이 영조 야타가라스의 '눈'인 것이다. 석화 현상의 피해 지역은 도저히 발렌시아라는 한 도시에 한정되는 수준이 아니었다.

'아테나의 시선은 어쩌면 옆에 있는 주까지 도달했을지도 몰라요. 아무튼 피해의 크기가 심상치 않아요….'

판도라의 상자가 없어도 아테나의 신위는 이처럼 강대한 것이다.

공포를 느끼던 그때, 난데없이 왼쪽 어깨에서 렌에게 경고했다.

"아, 안 돼, 렌! 느긋하게 있을 여유 따윈 없을 것 같아!"

렌의 왼쪽 어깨에 앉아 있던 스텔라의 얼굴이 두려움에 굳어 있었다.

어떤 방향을 스윽 가리켰다. 그 앞에 홀연히 아테나가 출현했다. 공작의 날개와도 비슷한 무지개색 날개를 후광처럼 등진 모습으로.

지고의 여신은 유유하게 공중에 뜬 상태로 속삭였다.

"네메시스의 능력을 잃고 나서도 훌륭하게 도망치다니…. 역시 로쿠하라 렌. 하나 이 정도로 너를 놓칠 아테나가 아니다…."

"으왓!"

렌은 재빨리 아테나로부터 도망쳤다.

야타가라스의 비상력으로 급발진한 렌은 하늘 저편으로 날아갔다.

뱀 머리카락의 여신이 왼손을 뻗었기 때문이다. 그 손에서… 수백 마리나 되는 뱀이 일제히 쏟아져 나왔다.

정확히 말하자면 불길한 칠흑의 기체가 '뱀'의 모양으로 변한 것이었다.

그야말로 검은 뱀의 격류. 그 뱀들의 이빨이 닿기 직전에 금색 빛을 두른 렌은 빠져나와 달아난 것이다.

'훌륭한 판단이에요! 저기에 삼켜지면 아마 끝이에요!'

"지금 여기 불사신이 둘이나 있는데?!"

"바보구나, 렌. 생명을 키우는 지모신은 생명을 베어 내는 죽

음의 여신이기도 해! 그 녀석이 진심으로 너 하나를 죽이려고 달려들었다고. 수많은《죽음의 저주》중에서도 저건 월등하게 영험이 있었을 거야!"

리오나의 유체와 어깨에 앉은 스텔라, 둘은 저마다 한마디씩 했다.

그 말을 들으면서 비행하던 렌은 순간적으로 브레이크를 걸었다. 목덜미 뒤쪽에 소름이 쫙 끼치는 듯한 위협을 감지했기 때문이다.

급제동에서 급정지. 공중에 뜬 채로 앞쪽을 가만히 쳐다보았다.

…불길한 기운이 감돌았다.

"그렇게 서두를 필요 없다, 신살자. 내가 내리는 죽음과 마주하거라."

"역시!"

또다시 아테나가 순간이동으로 모습을 드러냈다.

무지개색 후광을 등진 아테나는 왼손에서 검은 뱀의 격류를 뿜어냈다. 이번에 렌은 '뛰는 것'을 순간적으로 단념하여 공격을 피할 수 있었다.

곧바로 자유낙하가 시작되어 힘을 들이지 않고 급강하.

검은 죽음도 렌의 머리 위를 통과했다. 그러나.

"후후후후. 날개의 여신 니케를 권속으로 두고 있었던 이 아테나가 비상술에 뒤처질 줄 알았다면 큰 오산이다!"

떨어지는 렌의 바로 눈앞에 아테나가 있었다.

여신도 똑같은 속도로 지상을 향해 급강하하고 있었던 것이다. 단, 여유로운 미소를 지은 채 사냥감을 쫓는 맹금의 눈으로 로쿠하라 렌을 지그시 응시하면서.

렌의 왼쪽 어깨에서 스텔라가 소리쳤다.

"그, 그래, 렌! 천공을 판도로 삼는 건 이 바보 여자도 마찬가지니까 도망치는 건 불가능해!"

"후우…. 아프로디테 공주치곤 제법 날카롭게 꿰뚫어 봤군."

"으으으. 그 거만한 태도, 정말 열 받지만 제대로 상대해선 안 돼! 아무튼 아테나를 따돌리도록 해!"

'성스러운 금빛 솔개여. 그 솔개가 찬란하고 번개 같은 빛을 뿌리리…!'

렌과 함께 자유낙하하면서 리오나의 영혼이 영창했다.

그 순간, 렌의 온몸에서 《금치지대불》의 섬광이 용솟음치며 아테나를 덮쳤다.

"윽…. 고르곤의 방패여, 나를 지켜라."

'지금이에요, 로쿠하라 씨!'

"좋았어!"

아테나가 방패를 부른 틈에 리오나와 렌은 또다시 달아났다.

지상의 발렌시아 시를 향해 가속하기 시작했다. 대각선 아래

쪽으로 단숨에 직진해 여신 앞에서 사라진 것이다.

돌로 변한 발렌시아의 시가지 바로 위쪽 상공….

벽돌, 철근 콘크리트, 목조 등 발렌시아 시에 세워진 다양한 종류의 건물들이 모조리 개성 따윈 찾아볼 수 없는 회색 돌로 변해 있었다.

아스팔트 도로도, 훤히 드러난 흙도 얼어붙듯이 이미 돌로 변해 있다.

가끔씩 인간의 모습도 보였지만, 물론 석상이었다. 기껏 '세계의 끝'에서 헤어나왔는데, 또다시 재앙에 휘말린 것이다.

참상을 내려다보면서 렌은 생각했다. 카운터. 카운터.

결정타가 될 만한 반격 없이 이리저리 도망치는 것은 역시 의미가 없는 것 같았다.

우선 렌의 자랑인 빠른 발로 도망치고, 적이 쫓아오면 코를 꺾어 버릴 일격으로 때려눕힌다. 그래야 비로소 발을 사용하는 의미가 생긴다.

그래서, 렌은 지상에 내려섰다.

넓은 잔디밭이었다. 단, 이곳은 발렌시아 시의 중심부.

그 이름도 에스타디오 데 메스타야. 일본인이라면 '메스타야 스타디움'이라고 표기하는 편이 알기 쉬울 것이다.

이곳은 축구장. 단, 어디에나 있을 법한 스타디움이 아니었다.

리가 에스파뇰라의 강호, 발렌시아 CF의 본거지였다. '캄프

누'나 '산티아고 베르나베우'만큼의 지명도는 없어도 축구광인 발렌시아 사람들에게는 성지나 마찬가지인 장소다.

그 축구장의 녹색 잔디도 지금은 돌로 변해 있었다.

짧게 깎아 놓은 덕분에, 약간의 물결 모양이 있지만 평평한 바닥과 그리 다를 것 없는 감촉을 느끼며 걸을 수 있을 정도다.

렌은 더 이상 날지 않고 금색 빛에 감싸인 채 우뚝 섰다.

망설인 것은 왼쪽 어깨에 앉은 스텔라였다.

"왜, 왜 그래, 렌?!"

"역시 우리에겐 비장의 카드가 필요해. 다시 한번 《친구의 고리》를 시도해 보자. 그 구제의 검인지 뭔지를 불러내는 거야."

'구세의 신도, 다시 말해 《구세의 신창》 말씀이군요. 하지만.'

리오나의 유체가 물었다.

'그 권능, 연속 사용은 불가능하지 않나요? 아까 저의 힘을 빌렸을 때 썼으니까….'

"괜찮아. 어떻게든 되지, 스텔라?"

"그건 뭐, 나나 렌이나 예전보다 힘이 커졌으니까…. 휘페르보레아의 신역에서 명계를 다녀온 덕분에 말이지."

'역시 레벨 업의 원인은 그거군요.'

리오나가 크게 수긍했다.

'우마야도 황자도 난데없이 힘이 커졌기에 그렇지 않을까 의심하고 있었어요.'

신화 세계 휘페르보레아에서 신과 영웅은 종종 지하에 있는 명계로 여행을 떠난다.

어려운 퀘스트를 클리어했을 때, 그들은 '새로운 힘'에 눈뜬다고 한다. 태양신 아폴론도 그렇게 힘을 키웠다.

실은 그 여행 이후….

렌은 자신의 능력이 올라간 것을 자각하고 있었다.

"…하지만 렌! 구세의 검을 사용할 자격이 신살자에게 주어질 리가 없어!"

"그렇다 해도 모험이 없으면 얻는 것도 없다고 하잖아. 그 정도의 무기가 없으면 아마 아테나에겐 대항할 수 없을 거야. …게다가 조언도 있었거든."

마지막 한마디는 몰래, 혼잣말로 중얼거렸다.

이번만큼은 '운명'도 우리 편이라느니 뭐라느니… 뭐, 운명 같은 불확실한 것을 의지할 생각은 없었지만, 쓸 수 있는 것은 뭐든지 써야 하는 국면이었다.

"이제 어떻게 되어도 난 몰라! …오너라, 구세의 검이여! 우리의 곁으로 어서 와서 도와주어라!"

스텔라는 씩씩 화를 내면서 영창했다.

소녀신의 허리띠가 장밋빛으로 빛나더니… 마침내 왔다.

하늘에서 번개처럼 장창이 내려오더니, 창끝이 대지에 '퍽!' 꽂혔다. 하지만 그것과 거의 동시에 적도 도래했다.

“오오, 기이한 인연이군. 신살자가 불구대천인 무기를 의지하다니.”

또다시 순간이동으로 공간을 뛰어넘어….

뱀 머리카락의 대여신 아테나가 탄성을 흘렸다.

3

그리고 렌은 손을 뻗었다.

구세의 신창, 그 길다란 자루를 잡고 땅에서 뽑아내려 했다.

“역시 안 되는군!”

“그러니까 말했잖아, 바보야!”

장창은 꿈쩍도 하지 않았다.

렌이 아무리 힘을 줘도 땅에 꽂힌 창은 조금도 들어 올릴 수 없었다. 스텔라의 비난은 지극히 당연한 반응이라 할 수 있었다.

그 장면을 처음부터 끝까지 보고 있던 리오나는 한숨을 쉬더니,

‘뭐, 그렇게 쉬울 리가 없겠죠…. 애초에 로쿠하라 씨는 가짜 왕자님이지, 용자 캐릭터도 아니고요….’

“큰일이네. 될 줄 알았는데!”

렌은 예감이 빗나가 투덜거렸다.

실은 하늘을 도망 다니는 중에 이미지가 떠올랐다.

그 창이 대지에서 뽑혀 햇살을 받은 칼날은 찬란하게 빛을 발한다… 그런 광경이 한순간 뇌리에 번뜩인 것이다.

"후후후. 직성이 풀렸느냐. 슬슬 사라져 주거라."

또다시 아테나의 왼손에서 검은 뱀의 격류가 쏟아졌다.

로쿠하라 렌을 바로 정면에서 덮치며 해일처럼 삼키려 들었다. 반사신경과 방위본능 둘 다 호소하고 있었다. '뛰어서 도망치라'고.

하지만 굳이 그곳에 남았다.

전신의 마력을 높였다. 몸을 감싼 금색 빛이 더더욱 밝아졌다.

이걸로 버틸 수 있을까? 렌은 금세 비명을 질렀다.

"으아아아아아악?!"

"일국의 백성을 모조리 없애 버릴 수도 있을 만큼의 《죽음》이다…. 아무리 신살자라 하더라도 오래 견뎌 낼 수는 없을 것이다."

아테나의 왼손에서 흘러나오는 저주의 격류는 전혀 멈추지 않았다.

검은 기체가 뱀의 모습으로 변하더니, 몇 천 마리… 아니, 몇만 마리의 큰 떼를 지어 몰려왔다. 게다가 토석류와 같은 기세로 몰려드는 바람에 입속으로까지 가차 없이 흘러 들어온다….

"크…."

렌은 참지 못하고 이번에야말로 비상하여 하늘로 도망쳤다.

그리하여 간신히 검은 죽음의 격류에서 벗어날 수 있었다. 하지만 몸이 덜덜 떨릴 만큼 오한이 밀려왔다. 가까스로 하늘을 날고 있었지만, 몸이 휘청거렸다.

"왜 이러지…? 엄청 추워…."

"죽음의 저주니까! 저주가 퍼지기 시작한 곳은 손이든 발이든 바로 잘라 내지 않으면 손쓸 새도 없이 독이 올라 죽어, 렌!"

"하지만 온몸에 뒤집어썼는걸…."

"왜 안 피했어?!"

'아무튼 기합과 집중밖에 답이 없어요! 의식을 강하게 갖고, 평소처럼 아테나의 저주를 박살 내세요!'

"응…. 그렇게 하고 있어. 근데 별로 효과가 없네…."

또다시 하늘로 뛰어오른 렌 일행.

왼쪽 어깨에 앉아 있던 스텔라와 유체가 되어 따라온 리오나, 그녀들과 말싸움을 하면서 비상하려 했다.

하지만 속도가 확연히 눈에 보이게 떨어졌다.

곧바로 죽음의 저주가 로쿠하라 렌을 좀먹고 있었다. 그저 날기만 하는 것도 지금까지와 비교가 되지 않을 만큼 **힘들었다**.

게다가 렌이 가는 곳에는 아테나가 앞질러 가서 그들을 기다리고 있었다.

아테나는 무지개색 후광 같은 날개를 펼쳐 하늘의 한 점에서 정지한 채로 직진해 오는 렌 일행을 만족스럽게 바라보고 있었다. 사냥감을 몰아넣은 사냥꾼의 우월감이 여신을 미소 짓게 했다.

렌은 전율했다.

이대로 가다간 아테나 앞에 스스로 달려가는 꼴이 되어 버린다!

어떻게든 진로를 바꿔야 한다. 하지만 저주 때문인지 온몸에 권태감이 느껴졌다. 생각을 하는 것만으로도 귀찮아 죽을 것 같다. 그런 와중에 하물며 도망치고 싸워야 하다니….

"렌!"

'로쿠하라 씨!'

여성진의 부름을 들어도 직진 비행을 멈추지 않는 렌.

아테나가 마침내 왼손을 쑥 내밀었다. 드디어 최후의 일격을 가할 셈이다. 로쿠하라 렌의 목숨은 이번에야말로 풍전등화….

하지만 렌은 씨익 웃었다. 도박에서 이겼기 때문이다.

반대로 아테나가 경악을 금치 못하고 있었다.

"읏… 아앗?!"

지상에서 날아온 장창에 의해 왼팔이 잘려 나간 것이다.

그야말로 렌에게 향하고 있던 아테나의 왼팔. 그 팔꿈치에 찬란하게 빛나는 창끝이 파고들어 살과 뼈를 찢고 베어 놓았다.

하얗고 가녀린 여신의 팔이 지상으로 떨어졌다.

하늘에서 무훈을 세운 장창도 창을 던진 명수가 있는 지상으로 날아갔다.

창의 이름은 물론《구세의 신창》. 그것을 돌로 변한 축구장 '에스타디오 데 메스타야'의 잔디밭 위에서 던진 인물은….

트로이의 왕녀 카산드라였다.

비극의 예언자는 돌아온 창을 별로 힘들이지 않고 단번에 낚아챘다.

카산드라의 가련한 미모에는 사나운 투지가 활활 타오르고 있었다.

왕녀 카산드라는 신의 피를 이은 영웅 일족 중 한 사람이다.

아폴론의 무녀로서 부지런히 자신을 연마하였고, 예지 능력을 하사받았다. 트로이에서 제일가는 장수인 오빠 헥토르의 훈도를 받아 무예를 터득했다.

보통 사람은 발뒤꿈치도 따라가지 못할 만큼 엄청난 걸물인 것이다.

하지만 그럼에도 불구하고 신화의 영웅들과 어깨를 나란히 할 정도는 아니었다.

이번에도 꼼짝없이 돌로 변했… 어야 했다. 그러나 고르곤의 사시에 두 번이나 굴복하기에 앞서.

"……님이 오실지어다!"

카산드라는 '어떤 성구'를 재빨리 영창했다.

그 은혜 덕분인지, 저번과 달리 의식을 잃지 않았다.

'이번에는 잠들지 않은 채로 있을 수 있을 것 같아요!'

돌이 된 카산드라의 곁에는 《구세의 신창》이 꽂혀 있었다. 그리고… 느닷없이 예지했다. 이 창은 또다시 뽑혀 햇빛을 받으며 찬란하게 빛날 것이다…!

'렌 님!'

간절히 기도하고 난 후, 카산드라는 무녀의 영력으로 감지했다.

여신 아프로디테의 신력이 신창을 부르고 있음을. 다음 순간, 돌이 된 카산드라도 함께 옮겨졌다.

정신을 차려 보니 투기장 같은 곳 구석에 서 있었다.

넓은 공간 한가운데에는 사랑하는 로쿠하라 렌도 있었고, 그 바로 앞에 《구세의 신창》이 꽂혀 있었다.

창과 카산드라의 연인은 공중에 떠올라 있는 아테나와 대치 중이었다.

그를 돕기 위해 자신이 무엇을 할 수 있을까. 이 상태로는 휘페르보레아의 명계에서 아폴론 신과 연인의 결투를 그저 지켜보기만 했을 때와 마찬가지. 그렇다면.

'그래. 그때 후미카 님이 하셨던 것처럼….'

무녀 '타마요리히메'는 말했다.

이 주문에 마음을 담으면 굉장한 일이 벌어질 것이다.

'지옥에서 지금 이곳에 손님이 오실지어다!'

그렇게 염원한 순간, 카산드라의 전신에서 돌의 파편이 떨어져 나갔다.

그녀를 저주로 붙들고 있던 석화가 간단히 풀린 것이다. 자신은 지금 누구보다도 고상했던 영웅의 수호를 받고 있다.

카산드라는 그것을 스스로 자각하면서 다가갔다.

돌로 변해 버린 대지에 여전히 꽂혀 있는 비장의 무기, 《구세의 신창》을 향해….

"헥토르 오라버니, 카산드라에게 힘을 빌려주세요!"

아마존의 여왕에게도 결코 뒤지지 않는 영웅의 이름을 입에 담은 후.

트로이의 왕녀는 신창을 척 뽑았다.

백금색 창끝이 아침 해를 받아 마침내 찬란하게 빛을 발했다.

카산드라는 이 장창을 크게 휘둘러 힘껏 내던졌다.

하늘 높은 곳에서 궁지에 몰린 로쿠하라 렌을 구하기 위해.

멋지게 아테나의 왼팔을 잘라 낸 신창.

그 창을 지상에서 던져 준 카산드라. 돌아온 구세의 무구를 가볍게 움켜쥐더니, 이번에는 창끝을 하늘로 치켜들었다.

카산드라는 가련한 목소리를 쥐어 짜내어 소리쳤다.

"구세의 칼날이여, 심판의 우레를 이곳에 내려 주거라!"

"오오?! 헥토르의 가호를 얻었구나, 트로이의 공주여!"

지상의 신창에서 터져 나온 천둥과 번개가 아테나를 삼켜 갔다.

칠흑의 격류로 로쿠하라 렌을 실컷 괴롭혀 온 여신이 이번에는 천둥의 격류에 맞아 추락했다.

그 모습을 처음부터 끝까지 지켜본 렌은 감탄을 금치 못했다.

"엄청난 위력이야. 이게 '운명'이 도와준다는 거구나. 게다가 카산드라도 대단해! 오빠의 영혼을 또 불러냈구나!"

리오나에게서 빌린 영조 야타가라스의 시력.

그 덕분에 고도 수백 미터 상공에서도 지상에 있는 트로이 왕녀의 모습을 극명하게 볼 수 있었다.

지금 카산드라의 등 뒤에는 망령이 서 있었다.

청동으로 된 갑주를 몸에 걸친 아름다운 청년. 덩치가 크고 늠름하지만, 그의 투명한 전신은 그가 영혼임을 명시하고 있었다.

트로이 전쟁에서도 굴지의 무용을 자랑했던 영웅 헥토르였다.

"생각해 보면 왕녀도 휘페르보레아에서 명계로 내려갔었지…. 그래서 예전보다 힘이 커졌구나!"

렌의 어깨에 앉은 스텔라가 말했다.

"새 아가씨의 동생이 썼던 주술까지 습득하고 말이야!"

"일방통행이지만, 나한테 텔레파시까지 보낼 수 있는 것 같아."

렌도 고개를 끄덕였다.

세계의 끝에서 죽을 뻔했을 때도 그랬다. 조금 전에는 미래 예

지로 보이는 이미지를 보내 주었다. 그래서 렌은 도박에 나설 수 있었다.

자기 자신을 미끼로 삼아 아테나의 주의를 끄는 작전을 펼치며….

신창을 뽑을 누군가가 역전의 일격을 가하기 쉽도록. 카산드라의 예지는 반드시 맞을 것이라고 믿지 않는 이상 도저히 불가능한 도박이었다.

"이 또한 사랑의 힘이겠지…."

'로쿠하라 씨! 바보 같은 소리나 하지 마시고, 우리도 최후의 승부수를 띄우도록 하죠!'

리오나의 영혼이 소리쳤다.

지상에서는 카산드라가 구세의 창에서 쉴 새 없이 뇌격을 쏴 대고 있었다. 아테나는 그것을 고르곤의 방패로 잘 막고 있었지만, 반격에는 나서지 못했다.

천둥이 노도가 되어 덮쳐 왔다.

그 기세가 너무나도 가혹하고 격렬한 나머지, 아테나는 자신을 방어하는 방패를 내려놓지 못하고 있었다.

그러나 카산드라의 맹공이 영원히 이어지는 것은 아니다. 그녀는 결코 구세의 무구로 전투에 임하는 용자가 아니기에….

리오나의 영혼이 필사적인 표정으로 호소했다.

'여기서 승부를 내지 않으면 승리의 기회는 두 번 다시 찾아오

지 않을 거예요!'

"그러게. 이제 내 몸도 슬슬 한계이고…."

죽음의 저주로 인해 몸은 완전히 너덜너덜해진 상태였다. 렌은 중얼거렸다.

스텔라와 리오나의 영혼이 사라졌다. 일생일대의 대승부를 펼칠 신살자를 방해하지 않기 위해. 야타가라스로부터 빌린 힘을 전개하고자 렌은 영창했다.

"불과 태양의 비사여, 모든 추악한 죄를 씻어 내고 퇴치하거라!"

화르륵! 렌의 전신이 푸르스름한 불꽃에 감싸였다.

타오르는 불꽃에는 형태가 있었다. 그것은 날개를 펼치고, 세 개의 다리를 가진 야타가라스의 실루엣. 렌은 불새로 변해 지상으로 곤두박질쳤다.

고르곤의 방패로 전격을 막고 있는 아테나의 머리 위에 떨어진다.

곧바로 파랗게 작열하는 겁화가 타오르더니, 발렌시아 CF의 홈구장을 단숨에 삼켰다.

"렌 님이 저 불꽃 속에…."

카산드라는 어마어마한 겁화를 바로 앞에서 내려다보고 있었다.

그녀에게는 '투기장'으로밖에 보이지 않는 축구장 '에스타디오 데 메스타야'의 지붕 위에 서서.

5만 명을 수용할 수 있는 이 스타디움은 절구 모양으로 생겼으며, 훤히 뚫려 있었다.

그러나 서쪽 스탠드석에는 널빤지 모양의 지붕이 달려 있다. 카산드라는 그 가장자리에서 겁화를 내려다보고 있는 것이다.

그라운드와 관객석 대부분은 푸르스름한 불꽃에 휩싸여 있었다.

타닥타닥 소리를 내며 활활 타오르는 거센 불꽃. 그리고 카산드라가 있는 지붕. 그 사이에는 고작 십여 미터의 공간밖에 없었다.

열파와 상승기류가 이곳까지 가차 없이 올라왔다.

…불새가 지상을 향해 강림하는 것을 보고 트로이 왕녀는 잽싸게 《구세의 신창》을 꽉 쥐었다.

그 순간, 신창은 하늘을 날아 이곳까지 물러났다.

창자루를 잡고 있던 카산드라 또한 창과 함께 날아왔다.

오빠 헥토르의 영혼은 지금도 그녀의 뒤에 있었다. 덕분에 신창을 다루는 방법을 자연스럽게 알 수 있었다. 엄청난 신기였다.

하지만 《구세의 신창》도 더 이상은 할 수 있는 것이 없었다.

저 활활 타오르는 폭염 속에서 로쿠하라 렌과 아테나는 대체…? 카산드라는 그저 연인이 무사하기를 기도하는 것 말고는 아무것도 할 수 없었다.

그리고 몰아치는 겁화 한가운데에서는.

신과 짐승의 결투가 드디어 클라이맥스를 맞이했다.

둘 다 소용돌이치는 불꽃에 눈 하나 까딱 안 하는 모습은 뭐라 형용하기 힘들었다.

"로쿠하라 렌, 넌 실로 만만치 않은 강적이었다…. 하나 슬슬 영원한 잠을 자도 될 시기 같구나. 이만 각오하거라."

"음…. 그건 내가 할 말인데…."

왼팔을 잃은 아테나는 오른팔 팔꿈치 아래가 한 자루의 '칼'로 변해 있었다.

크게 굴곡진 도신은 곡도, 낫을 연상시켰다. 그리고 그 선단으로 렌의 옆구리를 꿰뚫었다.

그에 반해 렌은 자신을 깊숙이 찌른 아테나를 꽉 껴안고 있었다.

물론 사랑에서 비롯된 포옹이 아니라, 자신의 품에 껴안아 최후의 일격을 가하기 위해.

죽음의 저주가 효력을 발휘하고 있기 때문에 더는 이리저리 날아다니고 뛰어다닐 수는 없었다. 그렇기 때문에 이런 선택을 한 것이다.

"있잖아…. 내 부탁 하나만 들어줄래…?"

렌은 아테나를 껴안은 채 중얼중얼 말했다.

여신의 귓가에 속삭이는 것처럼 보이기도 했지만, 사실 이것은 언령이었다. 이미 꺼낼 수 있는 비장의 카드는 전부 꺼내 써버린 신살자가 계속해서 싸우기 위해….

흐려져 가는 의식을 필사적으로 붙잡으면서 작은 목소리로 속삭였다.

"행운이나 불행은 빼고 결판을 내고 싶어. 이걸 마지막으로 나와 인연을 끊어도 상관없으니까 부탁이야…. 정의의 철추, 인과응보의 신벌을 지금 아테나에게 퍼부어 줘. 응? 네메시스 씨…."

"어리석긴! 네메시스의 권능은 지금도 봉인된 상태인데, 무슨 말을 하는 것이냐!"

아테나가 비웃었다. 하지만 렌은 히죽 웃어 보였다.

"그건 그렇지만, 난 연상의 누님들에게 꽤나 귀여움을 받는 편이거든…. 네메시스 씨도 내가 꼭 싫지만은 않은 것 같았고…."

"뭐라고?!"

이미 쓰러지기 직전… 아니.

스스로도 쓰러지지 않는 것이 이상할 정도로 큰 타격을 입은 상태였다.

그래도 로쿠하라 렌은 '한없이 가볍고, 한없이 종잡을 수 없는' 자신의 천성을 마지막 순간까지 다하고자 중얼거렸다.

아폴론과의 대결에서 통감했듯이 결국 그것이야말로 승리로

향하는 길이었기 때문이다.

어디까지나 자신답게 있는 것. 자신만의 방식을 끝까지 밀고 나가지 않는 이상, 신과 도저히 끝까지 싸울 수 없다.

…그리고.

렌은 이 한마디를 입에 담았다.

“정의의 심판이, 있기를….”

“큭… 크윽….”

아테나에게 찔린 채로 그녀의 몸을 꽉 끌어안았다.

그녀의 등에 두른 오른손의 인지와 중지가… 칼날이 되어 아테나의 부드러운 살을 깊숙이 후벼 팠다. 그야말로 지금 렌의 옆구리가 에인 것처럼.

여신을 찌른 손끝에서는 검은 저주가 격류가 되어 흘러나왔다.

렌을 호되게 괴롭힌 《죽음의 힘》.

그것을 아테나의 몸속으로 직접 보낸 것이다.

전부 권능 《인과응보》에 의한 카운터, 저지른 벌에 대한 업보였다.

이것이 성공한 건 여신 네메시스의 변덕 때문일까? 사랑 때문일까?

아니면 아이샤 양이 가져다준 불행이 이제 와서야 행운으로 반전된 것일까? 단순히 렌 본인의 저력 때문일까? 이유는 분명하지 않다.

하지만 아무튼 아테나와 렌은 나란히 '쿵' 소리를 내며 쓰러졌다.

더블 녹다운.

그러나 렌은 확신했다.

자신에게는 반드시 구원의 손길이 있을 것이라고….

# 신역의 캄피오네스

# 종 장 epilogue 또다시 영웅계로

길고도 짧았던 아테나와의 결전.

그 파란만장했던 며칠 동안 로쿠하라 렌은 심신이 완전히 소모되고 말았다. 상당한 부상을 입고 사흘이 지난 지금도 입원 중이다.

병실 침대에 누워 멍하니 창밖으로 시선을 향하고 있었다.

이곳은 2층이기 때문에 파란 하늘과 병원 부지 내에 심어진 나무 정도밖에 보이지 않았다. 변화가 거의 없는 풍경이다.

하지만 밖에서는 뛰어노는 아이들의 목소리가 들려왔다.

사람과 카트가 분주하게 병원 복도를 오가는 소리도. 로쿠하라 렌과 그의 동료들은 간신히 세계의 안정을 되찾은 것이다.

후우…. 렌은 한숨을 내쉬었다.

그 대가라고 생각하면 육체가 상처투성이가 된 것도 어쩔 수 없다.

그러나 이미 몹시 지쳤다. 슬슬 편해져도 될 것 같다. 렌은 창밖을 가리키며 차분하게 말했다.

"나무에서 저 잎새가 떨어질 무렵엔 난 아마…."

"렌 님…."

카산드라가 렌의 손을 살며시 잡았다.

그녀는 매일 병실에 찾아와서 렌의 말상대가 되어 주었다. 지금도 침대 옆에 앉아 있다. 렌은 사랑스러운 그녀를 향해 몸을 돌렸다.

마주 본 두 사람 사이에 '좋은 분위기'가 감돌기 시작한 바로 그때….

마찬가지로 병문안을 온 다른 한 사람이 그들을 방해하듯이 태클을 걸었다.

"이상한 분위기 내지 말아 주실래요? 저거, 야자나무라서 겨울에도 잎사귀가 떨어질 일은 없다고요!"

"그러고 보니 그랬지."

리오나가 지적하자, 렌은 히죽 웃었다.

기후가 온난한 발렌시아 시에는 야자나무가 여기저기 심어져 있었다. 명물인 오렌지도 가로수로 심어져 있는, 참 트로피컬한 도시다.

병원 침대에서 기지개를 쭉 켠 다음, 렌은 말했다.

"아니, 병원에 이렇게 입원할 일은 웬만해선 없으니까 평소에는 못 하는 놀이를 좀 해 보고 싶어서."

"렌 님. 저, 내일도 과자 들고 병문안 올게요!"

카산드라가 방긋방긋 웃고 있었다.

카산드라는 하얀 블라우스에 딱 붙는 갈색 스커트라는 현대적인 차림을 하고 있었다. 참고로 리오나는 파란 스웨터에 검은 레깅스를 입고 있다.

아름다운 여성진을 향해 렌은 엄지를 세웠다.

"좋네. 슬슬 케이크 같은 것도 먹고 싶어."

"이제 완전히 회복했으니 이만 퇴원하세요! 로쿠하라 씨, 1인실이라 병실도 혼자 쓰니까 걸핏하면 나쁜 장난이나 치잖아요!"

홀로 언짢은 리오나가 그렇게 말하자, 렌은 윙크를 했다.

"그건 카산드라와 리오나가 와 주니까 그렇지."

"그, 그것도 문제예요. 저, 저는 어디까지나 병문안을 왔을 뿐이지, 로쿠하라 씨의 경박한 장난에 어울려 줄 마음은 눈곱만큼도…."

부끄러운 듯이 딴 데를 쳐다보는 리오나. 한편 카산드라는 불만스러운 듯이,

"그렇다면 저 혼자 가겠다고 몇 번이나 말씀드렸잖아요…."

"카산드라 왕녀님 혼자 오면 병원이 불순 이성교제의 온상이 되는걸요!"

"불순하지만 않으면 괜찮은 거 아니야?"

병실답지 않은 소란 속에서 렌은 실실 웃었다.

사흘 전, 아테나와 둘이서 더블 녹다운된 후. 스페인 동부의 대지를 덮친 석화 현상은 자연스럽게 해결되어 원상태로 돌아갔다고 한다.

그 후에 확인된 피해 구역은 꽤나 광범위했다.

석화는 발렌시아 시에서 그치지 않고 발렌시아 주 전체의 40퍼센트와 옆에 위치한 카스티야라만차 주까지 펼쳐져 있었던 듯했다.

그 결전으로 인해 불에 휩싸인 축구장은.

돌로 변했다가 원래대로 돌아온 시민들이 지켜보는 가운데, 발렌시아 CF의 성지 메스타야 스타디움은 그대로 불에 활활 타버렸다.

그 대화재에서 렌을 구출한 것은 리오나와 줄리오였다.

야타가라스의 영력을 빌린 덕분에 화상은 입지 않았다. 하지만 아테나와의 사투로 인해 빈사 상태에 빠졌다. 이리하여 리오나와 줄리오 두 사람에게 마술로 치료를 받은 후, 결사 캄피오네스와 은밀한 제휴 관계에 있는 병원으로 옮겨져 검사와 입원을 하게 되었고….

사흘 후. 렌은 완전히 회복했다.

"거리도 원상태로 돌아왔네."

리오나의 강행으로 퇴원한 후.

렌은 차 뒷좌석에 앉아 두리번거리며 시내를 내다보고 있었다.

스페인 제3의 도시인 만큼 통행인도 차도 많았다. 물론 관광객도. 다들 두꺼운 재킷 혹은 코트를 입고 평화롭게 거리를 거닐고 있다.

…계절은 이미 한겨울이었다.

하지만 지중해에 면한 발렌시아의 추위는 그다지 혹독하지 않다. 아까도 봤듯이 야자나무도 많아서 겨울이란 느낌이 별로 들지 않았다.

렌과 마찬가지로 뒷좌석에는 리오나도 앉아 있었다.

"세계의 인구 대부분은 '이 세계의 끝'을 기억하지 못해요. 이상기후에 대해서는 기억하지만, 그 후에 일어난 대홍수와 멸망의 큰불에 대해서는 전혀 기억이 없는 것 같아요."

그렇게 이야기한 다음, 리오나는 말을 덧붙였다.

"…뭐, 단지 일부 상위 마법사들은 종말의 도래를 어렴풋이 기억하고 있어요. 일반인 중에서도 영감이 뛰어난 사람은 꿈으로 그때의 광경을 보기도 했다고…."

"꿈에서!"

"전 세계에서 종말 예언서 출판이 급증할지도 몰라요…."

놀라는 렌의 옆에서 리오나가 예상했다.

그러나 그것도 세상이 평화롭기에 가능한 일일 것이다.

아무리 그래도 완전한 세계 평화는 '신살자'의 관할 밖이다. 하지만 신의 변덕으로 인한 종말은 막을 수 있었다.

"당분간 내가 늘어져 있어도 문제없겠구나."

렌은 중얼거렸다.

"뭐, 지금까지도 부지런히 일한 건 아니지만. 그렇지. 신과 상관없이 다 같이 어디 놀러 가자. 아이샤 씨도 불러서."

"명안이네요! 물론 줄리오 님도 가실 거죠?"

조수석에 앉은 카산드라가 눈을 반짝였다.

하지만 로쿠하라 렌을 차로 마중 온 친구 줄리오 브란델리는 말없이 핸들을 잡고 있었다. 운전은 전혀 위태롭지 않았지만, 뭔가 깊이 생각하고 있는 것처럼 보였다.

렌은 말을 걸었다.

"왜 그래, 줄리오?"

"…아, 미안. 실은 걱정거리가 몇 가지 생겨서 말이야."

오랜만에 찾은 브란델리 가의 저택.

커다란 저택의 넓은 거실로 이동한 다음, 다 같이 소파에 앉아 우울해 보이는 당주가 입을 열 때까지 기다렸다.

"너희를 데리러 가기 전에 발견한 건데."

줄리오가 천천히 말을 꺼냈다.

"아이샤 양… 전(前) 잠자는 공주가 쓰던 방에 메모가 놓여져 있더군. '신세가 많았다. 잠깐 생각난 게 있어서 여행을 떠나겠다'는 내용의 메모가."

"아이샤 씨, 벌써 가 버린 거야?"

그 결전 후, 아이샤는 브란델리 가 저택에서 체류하고 있었다.

이렇게 갑작스레 이별하게 될 줄이야. 렌이 놀라고 있자, 줄리오가 말을 이었다.

"그리고 이건 오늘 아침에 있었던 일인데… 결사 캄피오네스의 옛날 자료를 뒤지다가 무시할 수 없는 논문이 나왔어. 공간왜곡 현상을 고찰한 내용이야."

"재미있을 것 같네요."

리오나가 흥미진진한 듯이 말했다.

"생각해 보면 애초에 우리를 괴롭혔던 건 '공간왜곡이 쓸데없이 빈번하게 출현하게 된' 건이잖아요. 뭐, 아테나의 암약이 사라짐으로써 왜곡점의 출현 수가 줄어들지도 모르지만…."

"그거야. 우리는 아무 근거도 없이 해피엔딩을 맞이한 줄로만 알았지만."

줄리오가 울적한 말투로 말했다.

“아테나로 인한 세계의 끝과 빈번한 공간왜곡의 발생에 과연 인과관계가 있었는지 다시 한번 검증할 필요가 있다고 생각하던 참에 그걸 발견하고 말았지. ‘세계에 공간왜곡을 불러들이는 원흉은 《아이샤 부인》이라는 신살자가 아닐까’라는 내용이 적힌 자료를….”

“뭐?”

놀라 말을 잃은 렌. 총명한 귀공자는 어깨를 움츠렸다.

“캄피오네의 시조 체사레와 같은 시대를 살았던 《아이샤 부인》은 예전엔 시공을 여행하는 권능의 소유자였어. 하지만 어떠한 사정으로 인해 그 힘이 폭주하기 시작하면서 다원세계 여기저기에 공간왜곡점이 발생하게 된 듯하다는 거야.”

줄리오는 담담하게 이야기하면서도 무척이나 우울해 보였다.

“왜냐하면 공간왜곡이란 《아이샤 부인》의 권능으로 만들어진 ‘현세와 신화 세계를 잇는 통로’거든. 그녀가 얌전히 잠들어 있는 동안에는 거의 출현하지 않았어. 하지만 잠이 얕아지자, 높은 빈도로 발생하게 되었지….”

“줄리오가 발견한 메모에 그렇게 쓰여 있었어?”

“응.”

“보통 괴짜가 아니라고 느끼긴 했지만, 그게 봉인당한 이유라면 이것저것 앞뒤가 맞네요….”

리오나도 깊이 감탄하고 있었다. 바로 그때, 카산드라가 렌의 옆으로 왔다.

"저기, 렌 님. 드릴 말씀이…."

저주받은 트로이의 예언자가 속닥속닥 귓속말을 했다.

놀랄 만한 그 내용을 듣자마자 렌조차 말문이 턱 막히고 말았다. 저도 모르게 카산드라를 쳐다보자, 그녀도 곤란한 듯이 미소를 짓고 있었다.

"…카산드라가 지금 앞일을 예지했대."

아무튼 보고해야 한다는 생각에 렌은 말했다.

"이 세계의 어딘가에 공간왜곡이 나타날 거고, 이제 곧 아이샤 씨가 잔뜩 신이 나선 그곳으로 들어갈 건가 봐."

"어, 어떻게든 막도록 하죠!"

리오나가 소리쳤다.

"그 사람을 붙잡아서 사실관계를 확인해야 해요!"

"그러게. 경우에 따라서는 다시 봉인하는 것도 검토해 봐야 할 거야."

줄리오도 심각하게 동의한 그때. 새로운 목소리가 끼어들었다.

"…글쎄요? 찾는다고 나올 분이 아닐걸요? 마음을 굳게 먹고, 이 세상의 부조리라고 받아들이며 체념하는 것도 선택지 중 하나 아닐까요?"

젊은 남자의 목소리였다. 단, 렌과 줄리오가 아닌.

어느샌가 거실 구석에 동양인 청년이 잠입해 있었다. 벽에 기댄 채 한 손으로 스마트폰을 만지작거리고 있다.

나이는 10대 후반에서 20대 초반쯤.

성인 남성치고는 귀여운 목소리였다. 키도 그다지 크지 않았다. 외모는 더할 나위 없는 미남자에, 늘씬한 체형이었다.

그러나 눈매에서 매우 괴팍하고 비뚤어진 성격을 엿볼 수 있었다.

지금도 스마트폰에서 눈을 떼지 않은 채 화면에 집중하고 있다. …하지만 렌의 시선을 눈치채자, 입고 있던 후드 점퍼에 스마트폰을 쑥 집어넣었다.

그러더니 똑바로 렌의 옆에 오자마자 **무릎을 꿇었다**.

그는 검은 점퍼에 청바지, 스니커라는 편한 차림을 하곤 충성을 맹세하는 기사처럼 한쪽 무릎을 꿇더니 공손하게 말했다.

"저는 리쿠라고 합니다. 앞으로 잘 부탁드립니다. 신살자 분들을 거스르지 않는 것이 저의 신조이니, 용건이 있으면 편하게 말씀해 주세요. 단…."

리쿠 청년은 아무렇지 않게 덧붙였다.

"저의 사부, 라취련의 뜻에 맞지 않는 명령은 따를 수 없습니다."

"뭐? 너, 라호 누나의 제자야?!"

놀라는 렌. 아마도 중국계인 듯한 리쿠 청년은 고개를 끄덕이곤 리오나를 보았다.

“네. 거기 있는 아가씨와 같은 처지죠. 오늘 찾아뵌 것도 사부님의 지시입니다. …잘 부탁해, 사제.”

“서, 선배가 있다는 얘기는 못 들었어요!!”

“바보야. 사부님이 뭐든지 재잘재잘 얘기할 리가 없잖아? 뭐, 세상에 봉황은 너 하나만 있는 게 아니라는 뜻이야.”

놀라서 말문이 막힌 리오나에게도 거만한 태도로 대하는 리쿠 청년.

스스로를 봉황이라 칭한 그는 확실히 보통내기가 아닌 오라에 감싸여 있었다.

춤이나 체술을 극한의 수준까지 수련한 사람만이 갖출 수 있는 날렵함. 사소한 움직임이나 근육에 나타나는 비범함. 그에게는 그런 무언가가 있었다.

“저기, 저….”

카산드라가 무릎을 꿇은 리쿠 청년에게 말을 걸었다.

“예전에 리쿠 님을 뵌 적이 있어요!”

“아~ 맞다. 공간왜곡 관측소에서 만났지? 아폴론과 함께 있었던 공주구나? 뭐, 당신도 정착할 곳을 발견해서 다행이야.”

리쿠 청년은 절세의 미소녀 카산드라에게도 꽤나 쌀쌀맞았다.

그는 재빨리 이야기를 간단하게 끝낸 후, 드디어 일어섰다. 그러더니 리오나에게 다가가 주머니에서 스마트폰을 꺼내 보여 주었다.

“사부님이 너한테 메시지를 보내셨어. 재생할게.”

“그 시대착오적인 스승님이 스마트폰도 쓰나요?!”

“당연히 안 쓰지. 증기 기관조차 인류 타락의 상징이라면서 아주 눈엣가시로 여기는데. 사부님이 너한테 전하라고 말하는 걸 갖고 있던 내 스마트폰으로 몰래 녹음했지.”

“으아아.”

신살자 라취련은 여전히 강렬했다.

스승의 사람 됨됨이에 기겁을 하는 리오나의 앞에서 리쿠 청년은 음성을 재생했다. 스마트폰의 작은 스피커 너머로도 비파 타는 소리를 연상시키는 미성은 조금도 색이 바래지 않았다.

그 내용을 요약하자면 다음과 같다.

리오나에게.

수련은 모쪼록 게을리하지 않도록. 하루의 태만이 연공의 완성을 3년이나 늦추는 법. 하지만 때로는 선경(仙境)에서 노닐 거나, 때로는 세속의 진창을 뒤집어쓰며(이하, 자신을 단련하기 위한 마음가짐이 장황하게 이어지기에 생략)….

그러고 보니.

요새 우마야도 황자와 후미카에 대한 소문을 자주 듣는다.

신대륙 어딘가에서 현인신*이 되어 제국을 이루었다고 하더구

나. 후미카는 현인신의 무녀로서 그를 훌륭하게 섬기고 있다고 한다.

그 나라에서는 죽은 자의 주검을 되살려 '움직이는 시체'로 바꾼다는 이야기가 있다.

움직이는 시체들은 때로는 병사가 되고, 때로는 손발이 되어 제국을 지탱하는 토대로써 힘을 다하고 있다고 하더구나.

후미카도 옆에서 아주 열심히 돕는 것 같다.

"그, 그게 무슨 얘기예요?!"

리오나는 참지 못하고 절규했다.

"쇼토쿠 태자와 후미카가 '좀비 제국'을 만들어 대왕과 무녀로 군림했다고요?! 대체 뭐가 어떻게 돌아가고 있는 거죠?! 애초에 우리가 떠나온 지 아직 며칠밖에 안 됐다고요!!"

"하하."

당황하는 후배를 보며 리쿠 청년이 실소했다.

"현세와 신화 세계에선 시간의 흐름이 아예 다른 경우가 꽤 있거든. 여기선 고작 2, 3일밖에 지나지 않았지만, 그쪽에선 몇 개월이 지나 있는 경우도 흔해."

"아니, 그건 그렇지만."

---

※현인신(現人神) : 사람의 모습을 하고 나타나는 신.

납득할 수 없는지, 리오나는 고개를 갸웃거렸다.

“제 동생은 그런 엄청난 짓을 할 수 있는 애가 아니에요. 애초에 주술도 얼마 터득 못 했는데. …아!”

토바 가의 장녀는 느닷없이 무언가를 골똘히 생각하는 표정을 지었다.

“그러고 보니 후미카도 휘페르보레아에서 ‘명계 하강’을 경험했죠….”

“아, 그러게. 그럼 나나 카산드라처럼 후미도 레벨 업했다 해도 전혀 이상할 것 없지.”

렌은 진지하게 말했다.

“그쪽은 꽤나 엄청난 일이 벌어진 것 같네.”

“네, 정말 그러게요…. 아이샤 씨 건은 잠깐 제쳐 두고, 초특급으로 그 두 사람을 데리러 가지 않으면 더 큰일이 벌어질 것 같아요….”

“동감. 나도 동행할게.”

“하지만 렌 님.”

카산드라가 머뭇거리며 발언했다.

“여신 네메시스의 권능을 아직 사용하지 못하시죠?”

“응. …세계를 원래대로 돌릴 때, 꽤나 무리하게 했거든. 아테나와 싸울 때 ‘이게 마지막이라도 좋다’는 말까지 해 버렸고. 이대로 영원히 끝이라 해도 전혀 이상하지 않단 말이지….”

"그보다 오히려 '거의 무적(無敵) 상태'의 반동이에요. 틀림없이."

리오나가 지적했다.

아이샤의 권능으로 인해 얻은 '최상의 행운'.

그만한 대기적을 이룬 힘의 반동이라면. 이제 평생 네메시스의 권능을 쓰지 못할 가능성마저 있다.

렌은 "큰일이군."이라고 투덜거린 후, 시원시원한 말투로 말했다.

"뭐, 아마 어떻게든 될 거야. 서둘러 휘페르보레아로 가자."

"역시 가볍네요, 로쿠하라 씨…. 조금은 고민하고 계실 줄 알았어요."

렌은 어처구니없다는 얼굴로 말하는 리오나에게 윙크를 한 후, 엄지를 척 치켜세웠다.

"의지가 되는 동료들이 이렇게나 많은걸. 스텔라, 줄리오, 카산드라… 물론 리오나도 내가 얼마나 의지하고 있는데."

"남한테 의지하지 말고, 얼른 아테나에게서 빼앗은 권능에 눈뜨도록 하세요."

우스갯소리를 주고받으면서도 렌과 파트너는 서로를 바라보며 고개를 끄덕였다.

새로운 여행, 앞을 알 수 없는 모험이 예상치 못한 속도로 시작되고 있었다. 다음 목적지는 또다시 영웅계 휘페르보레아.

그곳에서 옛 신들, 그리고 라취련을 비롯한 신살자 동족이 기다리고 있다….

**신역의 캄피오네스 완결**

## ◈작가 후기◈

여러분, 오랜만에 인사드립니다.

『신역의 캄피오네스』도 드디어 제5권. 그리고 스토리상 클라이맥스라고도 할 수 있는 묵시록 편입니다.

아울러 이번 후기는 본편에 관한 이야기를 잔뜩 풀어 나갈 예정입니다.

본편을 아직 읽지 않으셨다면 여기서부터는 보지 않는 것을 추천합니다. 그래도 괜찮다, 꼭 읽고 싶다, 그런 분들만 읽어 주세요.

그럼.

여행과 신화를 테마로 한 로쿠하라 렌과 동료들의 이야기.

그리스 신화에서 시작되어 북유럽 & 일본 신화, 바다밖에 없는 이세계로 와서 마지막엔 대홍수+대붕괴가 도래했습니다.

…네?

5권 제목을 완벽하게 잘못 잡았다고요?

음… 뭐, 줄리오나 카산드라가 수수께끼를 풀고, 이름을 맞힌 '그것'.

그것의 정체를 예측하기 어렵도록 강력한 파워 워드를 넣어 볼까, 이래저래 고심하다가….

여러분을 무사히 속였다면 저의 작전은 성공했네요.

그리고 이번에 다양한 수수께끼를 풀기 위한 실마리와 지식은 대체로 본편 안에서 풀어낼 수 있었습니다.

그래서 쓸데없는 지식을 엮어 가는 정규 행사인 WEB용어집은 이번에는 생략하겠습니다.

…아니, 중반에 조금 쓴 '마블 코믹스에서 그려지는 세계 개변 현상의 빈도 및 구체적인 예', 예를 들면 에이지 오브 아포칼립스나 하우스 오브 엠, 시크릿 워즈 등 크로스오버에 대해 길게 설명해도 좋지만, 역시 쓸데없는 사족이 너무 붙을 것 같으니 자제하겠습니다(쓴웃음).

또한 그러고 보니.

5권 집필 중에 영화 〈어벤져스·엔드 게임〉이 공개되었습니다.

극장에 보러 갔다가 깜짝 놀랐어요. 마블 관련 잡담으로 대충 썼던 내용이 뜻밖에도 영화의 전개를 알아맞히는 스포일러가 되는 바람에 서둘러 황급히 수정했습니다.

이 시리즈, 숨겨진 테마는 멀티버스.

다시 말해, '세계가 무수히 겹치는 다원우주'라는 의미입니다.

이게 실은 마블 코믹스가 옛날부터 중시해 온 테마입니다. '영화에서도 언젠가 소재로 채용되지 않을까?' 했더니, '스파이더버스'로 딱 등장한 데다 엔드게임 이후의 시리즈 전개에도 계속… 이런, 또 사족을 달았네.

(참고로 올해 2019년. 마블 코믹스는 천둥신 토르의 고향 아스가르드를 함락시킨 다크 엘프 군단과 히어로들의 전면 전쟁이라는 일대 이벤트를 펼치고 있는데요. 히어로들 중 일부는 그쪽 세계로 전이하기도 합니다. 그게 왠지 이 시리즈와 많이 비슷해서 재미있더라고요. 웃음)

아무튼 『신역의 캄피오네스』.

1권에서부터 씨름해 온 문제가 드디어 이번에 정리됐습니다.

원래는 이걸로 시리즈 완결, 이지만 말입니다. 하지만. 하지만. 하지만.

음~ 마지막까지 읽어 주신 분들이라면 아시다시피 이야기는 전혀 끝나지 않았습니다….

그렇습니다.

우리의 싸움은 끝났지만, 여행은 아직 계속되고 있습니다.

다음은 다원우주를 둘러싼 여행자들이 해후하는 특이점에서의 이야기.

어떤 의미로는 이제부터 펼쳐지는 이야기가 진짜 클라이맥스라고 할 수 있을 겁니다….

무대는 또다시 영웅계 휘페르보레아로.

4권 특장판 오디오 드라마에서도 시사했듯이 지금까지 등장한 신살자와 아직 모습을 보이고 있지 않은 신살자들, 그리고 옛 신들과 영웅들까지 한데 뒤섞여 새로운 소란이 일어날 예정입니다.

여신 네메시스의 권능이 사라진 로쿠하라 렌.

러브 코미디 요소가 한층 강해져 미남 선배까지 앞에 나타난 토바 리오나.

새로운 힘에 눈뜬 카산드라. 그동안 함께한 캐릭터들의 '그 후'를 확인하실 수 있습니다.

줄리오는 어쩌면 그동안 이름만 등장해 왔던 선조와 만나게 될지도 모릅니다.

물론 쇼토쿠 태자인 우마야도 황자와 후미카도….

두 사람은 대체 무슨 짓을 저질렀는지, 우선 그 내용을 중심으로 이것저것 그려 나갈 생각입니다.

또한 앞 시리즈 『캄피오네!』의 캐릭터도 본격적으로 참전합니다.

이미 등장한 후작님, 마교 교주, 미스 민폐덩어리.

그리고 반가운 전작의 주인공 등.

어떤 식으로 등장시킬지 열심히 생각에 생각을 거듭하는 중입니다. 지금까지의 『신역~』과는 또 다른 드라마가 시작될 예정입니다.

참고로 현재, 제목을 검토 중입니다.

솔직히 『신역의 캄피오네스』 6권으로 나가는 게 타당하긴 하지만, 이왕 무대가 달라지게 됐으니,

『××의 캄피오네스』

그런 식으로 다른 단어를 넣는 것도 좋을 것 같다는 생각을 하고 있습니다.

혹은 신살자, 그러니까 앞 시리즈에서 말하는 캄피오네가 늘어나니까 차라리,

『캄피오네 ××!』

이렇게 해 버릴까 싶기도 하고요. 이것저것 검토 중입니다.

3, 4개월 후에 바로 커밍 순 예정은 아니지만, 조만간 발표하고자 계획을 진행하는 중입니다.

책이 발행되면 꼭 확인해 주세요.

어쨌든 『신역의 캄피오네스』. 여기까지 함께해 주셔서 정말로 감사합니다.

또 어딘가에서 여러분과 만날 수 있기를 바라고 있겠습니다.

**타케즈키 조**

# 신역의 캄피오네스 [5]
묵시록의 날

---

**2023년 12월 10일 초판 발행**

**저자** 타케즈키 조 | **일러스트** BUNBUN | **옮긴이** 심이슬
**발행인** 정동훈 | **편집인** 여영아
**편집 팀장** 황정아 | **편집** 노혜림
**발행처** (주)학산문화사 | 서울특별시 동작구 상도로 282 학산빌딩
**편집부** 02.828.8838(전화), 02.816.6471(팩스) | **영업부** 02.828.8986(전화), 02.828.8890(팩스)
**홈페이지** www.haksanpub.co.kr | **등록** 1995년 7월 1일 | **등록번호** 제3-632호

---



---

ISBN 979-11-411-0049-0 04830
ISBN 979-11-6947-083-4 (세트)

**값 7,000원**

# 나를 좋아하는 건 너뿐이냐 15

라쿠다 지음 | 브리키 일러스트

## TV애니메이션 방영작!

"죠로는 팬지의 연인이 되었어. 그러니까 나는 이렇게 여기에 왔어." 크리스마스이브 당일. 약속 장소에 나타난 사람은 팬지가 아니라, 중학교 때 같은 반이었던 코사이지 스미레, 통칭 '비올라'. 뭐가 뭔지 상황을 전혀 받아들일 수 없는 나를 무시하고 데이트를 만끽하는 비올라. 게다가 말일까지 같이 있어 달라고? …아니, 녀석이랑 똑같이 너도 12월 31일이 생일이냐! …그래, 그 녀석. 내 연인인 산쇼쿠인 스미레코는 어디 있지? 연락도 안 되고, 다른 애들이랑 썬은 얼버무리기만 할 뿐. 그래도 너를 찾아내겠어. 하기로 결심했으면 한다. 그게 내 모토다. 뭐? 이 녀석이 힌트라는 게 진짜야…?!

(주)학산문화사 발행

# 라스트 엠브리오 8

**타츠노코 타로** 지음 | **모모코** 일러스트

## 〈문제아 시리즈〉 완결 이후
## 언급되지 않았던 3년,
## 그 추상과 시동을 말하는 제8권!!

제2차 태양주권전쟁 제1회전이 열린 아틀란티스 대륙에서 격투를 뛰어넘은 '문제아들'. 세 명이 모인 평온한 시간은 실로 3년만…. 그동안 각자 보낸 파란의 나날. '호법십이천'에 들어온 의뢰에서 시작된 이자요이 일행과 화교와의 싸움. '노 네임'의 두령이 된 요우가 한 달 이상 행방불명된 사건. '노 네임'에서 독립한 아스카가 '계층지배자'로 임명되는데…?! 서로 마음을 열고 잠시 휴식을 취한 후, 모형정원 바깥세계를 무대로 한 제2회전이 막을 연다!

(주)학산문화사 발행

# 아다치와 시마무라 10

이루마 히토마 지음 | raemz 일러스트 | 논 캐릭터 디자인

## 이루마 히토마가 선사하는
## 평범한 여고생들의 풋풋한 이야기, 제10탄!

나는 내일 이 집을 떠난다. 시마무라와 같이 살기 위해서. 나도 시마무라도 어른이 되었다. "아~다치." 벌떡 일어났다. "으아앗." 호들갑스럽게 뒤로 물러선 나를 보고 시마무라가 눈을 휘둥그렇게 떴다. 장난스럽게 양손을 들어 올렸다. 아래로 내려와 눈에 걸친 머리카락을 쓸어넘기면서 좌우를 둘러보고 이제야 상황을 이해했다. 아파트로 이사를 왔었다. 둘이서 지내는구나, 앞으로 계속. "자, 잘 부탁합니다." "나도 많이 부탁을 하게 될 테니, 각오해 둬." 나의 세계는 모든 것이 시마무라로 되어 있었고, 앞으로 계속될 미래에는 그 어떤 불안도 없었다.

(주)학산문화사 발행